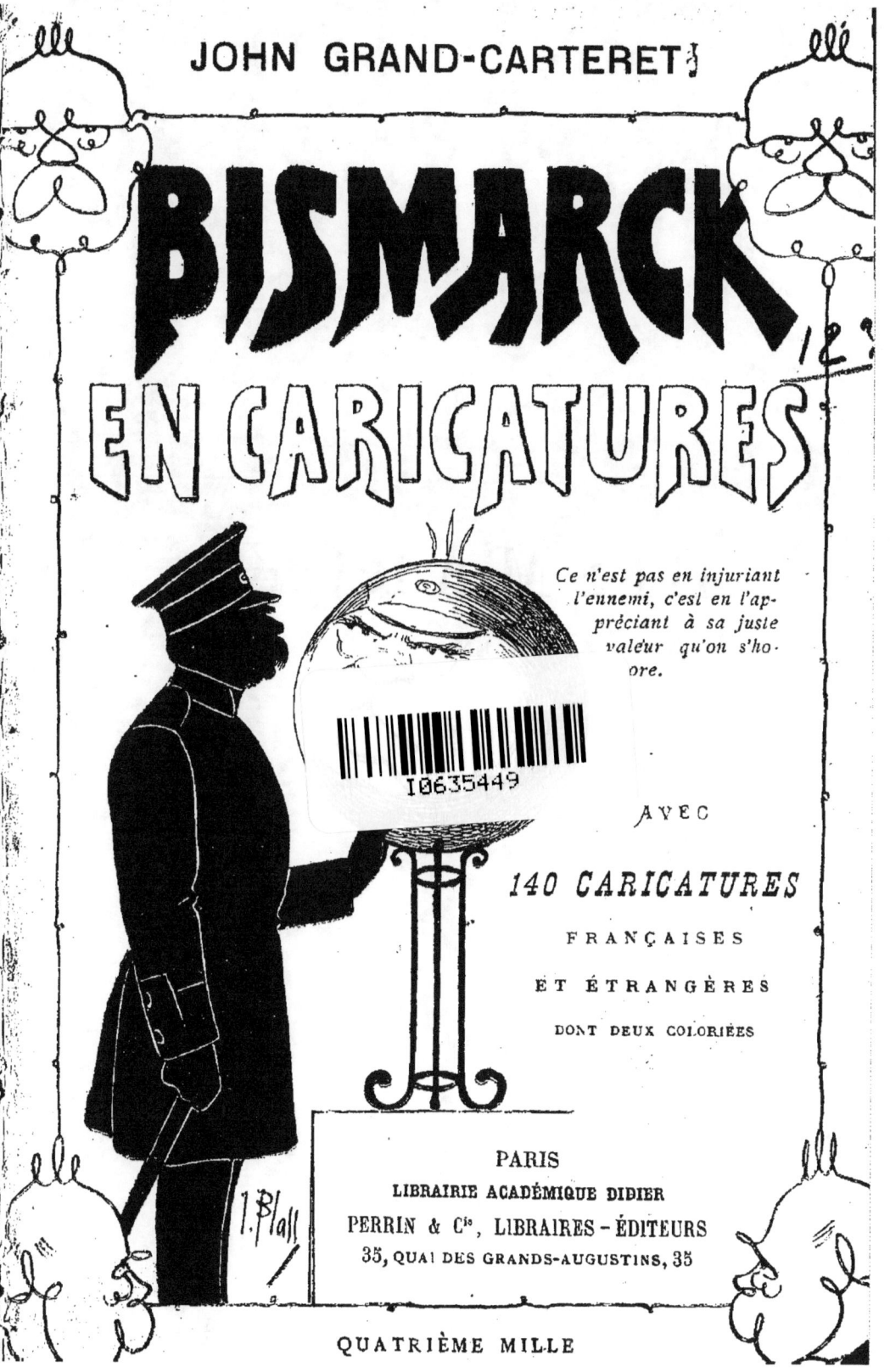

JOHN GRAND-CARTERET

BISMARCK
EN CARICATURES

Ce n'est pas en injuriant
l'ennemi, c'est en l'ap-
préciant à sa juste
valeur qu'on s'ho-
ore.

AVEC

140 CARICATURES

FRANÇAISES

ET ÉTRANGÈRES

DONT DEUX COLORIÉES

PARIS
LIBRAIRIE ACADÉMIQUE DIDIER
PERRIN & Cⁱᵉ, LIBRAIRES - ÉDITEURS
35, QUAI DES GRANDS-AUGUSTINS, 35

QUATRIÈME MILLE

BISMARCK

EN

CARICATURES

VOLUMES DE M. GRAND-CARTERET

SUR LA CARICATURE

(L'Histoire par l'Image)

LES MŒURS ET LA CARICATURE EN ALLEMAGNE, EN AUTRICHE, EN SUISSE, avec préface de Champfleury et 137 illustrations. Paris, 1885. Westhausser, éditeur . . . . 25 fr.

LES MŒURS ET LA CARICATURE EN FRANCE, avec 450 illustrations. Paris. 1888. G. Decaux, éditeur . . . . . 30 fr.

En préparation dans la même Série :

LEÇON D'HISTOIRE : LES CARICATURES SUR LES NAPOLÉON.

LE NU DANS LA CARICATURE. 1 volume avec nombreuses illustrations.

LES MŒURS ET LA CARICATURE EN ANGLETERRE ET AUX ÉTATS-UNIS. 1 volume avec nombreuses illustrations.

LES MŒURS ET LA CARICATURE EN HOLLANDE, EN BELGIQUE, EN RUSSIE ET DANS LES ÉTATS DU NORD.

LES MŒURS ET LA CARICATURE EN ITALIE, EN ESPAGNE, EN PORTUGAL ET DANS L'AMÉRIQUE DU SUD.

LES PEINTRES PAR L'IMAGE. (Portraits scènes et tableaux).

LES MÉDECINS PAR L'IMAGE. («   —   «   —   «   )

LES AVOCATS PAR L'IMAGE. («   —   «   —   «   )

Malgré le froid, je suis toujours le berger de ce troupeau..
mort, passe ton chemin

JOHN GRAND-CARTERET

BISMARCK

EN

CARICATURES

Avec **140** reproductions de caricatures allemandes
autrichiennes, françaises, italiennes, anglaises, suisses, américaines
dont 2 coloriées

DESSINS ORIGINAUX DE

J. BLASS, MOLOCH, FÉLIX RÉGAMEY, DE STA, TIRET-BOGNET, WILLETTE

PARIS

LIBRAIRIE ACADÉMIQUE DIDIER

PERRIN ET Cie, LIBRAIRES-ÉDITEURS

35, QUAI DES GRANDS-AUGUSTINS, 35

1890

IL A ÉTÉ IMPRIMÉ

20 exemplaires numérotés sur papier de Chine.
10 exemplaires numérotés sur papier du Japon.

A MA MÈRE

DONT LE CŒUR EST D'OR

Je dédie ce livre sur le « Chancelier de Fer ».

J. G.-C.

UNE PRÉDICTION ALLEMANDE
EN TRAIN DE SE RÉALISER

Le *Punsch* de Munich, feuille à caricatures avec laquelle le lecteur va faire plus ample connaissance, publiait le 11 janvier 1863 le dialogue suivant entre Maxl et Sepperl, deux petits bonshommes parlant de tout et sur tout, qui tiennent à la fois du *gone* de Lyon et du gamin de Paris :

MAXL. — N'est-ce pas ? dans les veines de M. de Bismarck circule un *vieux* sang noble.

SEPPERL. — Certainement.

MAXL. — Oh ! il viendra bien, quelque jour, au rang de *vieux* fer.

SEPPERL. — Très probablement.

La satire saute aux yeux. C'était, comme on le verra, une de ces nombreuses allusions aux paroles alors célèbres de M. de Bismarck : « L'Allemagne devra être régénérée par le fer et par le sang », que les journaux à caricatures affectionnaient tout particulièrement.

Or, aujourd'hui, les temps sont accomplis. La prédiction de 1863 est devenue une réalité en 1890.

D'après un encadrement de Ed. Daelen.

AVANT-PROPOS

PORTRAITS DE M. DE BISMARCK

J'estime qu'il est toujours utile, lorsqu'on se propose de biographier un personnage en vue, de donner un portrait, si ce n'est de l'homme moral, tout au moins de l'homme physique. Et à plus forte raison quand il s'agit de faire défiler la vie de ce personnage au moyen de l'image comique. La caricature étant la falsification du passeport individuel, il importe de rétablir le passeport dans sa teneur exacte.

C'est pourquoi j'ai tenu à placer ici des portraits du prince de Bismarck sous les deux formes généralement employées : la forme graphique, la forme littéraire.

Les portraits graphiques représentent le Chancelier allemand aux deux extrémités de sa longue carrière, l'un à l'origine, d'après une peinture de famille datée de 1847, l'autre à son déclin, d'après le tout récent dessin de M. Gaston Vuillier, dans le *Monde illustré*, sur les derniers documents photographiques venus de Berlin.

Voici, d'autre part, les portraits littéraires, de provenances diverses, mais tous postérieurs à 1870.

D'abord, Bismarck vu par l'écrivain hongrois, Maurice Jokai, en mars 1874 :

« Le prince de Bismarck est d'une taille athlétique ; haut de six pieds, les épaules larges, les mains puissantes, — des mains dont la pression laisse deviner une force musculaire considérable — le visage différent de tous les portraits que j'ai vus et qui en font un être morose et atrabilaire. »

Bismarck observé par M. Amédée Pigeon, durant l'hiver de 1881 (1) :

---

(1) *L'Allemagne de M. de Bismarck*, par Amédée Pigeon. Paris, 1885. Un des meilleurs ouvrages publiés depuis 1870, très-consciencieux et souvent très-exact.

« Le portrait de l'homme physique, personne, à mon avis, ne l'a fait, pas même Lenbach qui n'a

M. de Bismarck en 1847, député au Landtag.

(D'après un portrait de famille.)

représenté que l'attitude du lion orgueilleux, et encore en l'exagérant. On sent trop que ce portrait a été fait pour en imposer au voyageur qui traverse le Musée. Il faudrait ici un Holbein qui pût s'asseoir pendant quelques matinées en face du prince — ou tout au moins un Prud'hon, devant lequel le prince consentît à poser, comme autrefois Talleyrand.

« Quand on n'a pas vu encore le prince de Bismarck et qu'on n'a eu sous les yeux que des photographies plus ou moins fidèles, qui ont au moins ce grave défaut de représenter l'homme figé et alourdi, on ne sait rien sur le prince. »

Suit la première impression, lorsque le Chancelier fit son entrée au Reichstag :

« Il me parut énorme. Il se peut que, d'abord, je n'aie pas vu bien net ; mais, pendant les trois heures que dura ce jour-là la séance, j'eus le loisir de regarder le prince tout à mon aise.

... « Le prince ne gesticule jamais en parlant. Il lève le bras droit, au hasard, comme machinalement, avec un geste raide et automatique de poupée articulée.

« Et quelle tête ! Je n'en connais qu'une plus grosse : c'est celle de Scipion l'Africain, qui se trouve dans la galerie des Antiques du Musée de Berlin. »

Enfin, dernier portrait, tout récemment tracé — mai 1890 — par M. Henri des Houx :

LE PRINCE DE BISMARCK EN 1890

D'après le portrait publié par M. G. Vuillier dans le *Monde illustré.*

« Le prince de Bismarck est une manière de géant par la stature. Une fière prestance la rehausse encore. Ses larges épaules sont taillées en carré ; son embonpoint est justement tel qu'il doit être relativement à sa hauteur.

« Son front est sourcilleux et dégarni comme une cime neigeuse. Le nez, aux larges narines, tombe droit.

« Ce qui frappe surtout, dans cette physionomie imposante, ce sont les yeux profonds, bleus comme les lacs de montagne et entourés d'une forêt de poils hardiment relevés, énormes, qui naissent de la paupière même et ombragent une partie du front. Le bas du visage est d'une carrure harmonieuse avec le sommet. Une épaisse moustache blanche couvre une bouche où réside toute la grâce de cette altière figure. Cette bouche est souriante, à la fois ironique et bienveillante. »

Ce sont bien les sourcils aux poils énormes, le nez aux larges narines que nous retrouverons dans les caricatures de Cham, souvent à peine chargées. Et les caricatures de Vienne et de Berlin ne feront que confirmer, au point de vue comique, les trois portraits ainsi tracés en 1874, en 1881, en 1890.

Avant de terminer, je tiens à remercier tous

ceux qui ont bien voulu contribuer d'une façon quelconque au succès de ce livre : la librairie Perrin, qui l'a édité d'une façon luxueuse, tout en le laissant à la portée du grand public ; les éditeurs et directeurs de journaux qui, avec la plus grande obligeance, m'ont envoyé leurs collections de « Bismarckiana » ; les artistes qui, gracieusement, m'ont apporté le concours de leur crayon : MM. Ad. Willette, J. Blass, Félix Régamey, Tiret-Bognet, de Sta, Moloch. Grâce à eux, quelques compositions inédites ont pu ainsi être jointes aux reproductions documentaires qui constituent l'illustration du volume. Mais ce serait de ma part ingratitude de ne point remercier particulièrement Willette et Blass : Willette l'humoriste à la fois artiste et penseur, qui a conçu un Bismarck bardé de fer, le Bismarck que retiendra l'histoire, digne de figurer aux côtés du « Frédéric » de Menzel ; Blass le créateur des types les plus amusants de la caricature politique contemporaine, qui a su donner à ce livre la couverture à la fois humoristique et pittoresque qui seule pouvait lui convenir.

Par vous, mon cher Blass, le Chancelier est quelque peu tiré par les cheveux, et ses trois poils obtiennent les honneurs de la vitrine.

Laissant l'injure aux impuissants du crayon, vous avez compris la vraie force de l'image, qui est de faire rire. Et soyez sûr que le caricaturé ne sera pas le dernier à rire de sa caricature.

JOHN GRAND-CARTERET.

Paris, en mai 1890.

Vignette de Daelen.
(*Bismarck's Himmelfahrt.*)

BISMARCK

EN

CARICATURES

Ce n'est pas en injuriant l'ennemi, c'est en
l'appréciant à sa juste valeur qu'on s'honore.

I

CONSIDÉRATIONS GÉNÉRALES

Appréciation de M. de Bismarck sur la caricature. —
Comment il faut concevoir le portrait-charge en Allemagne. — Pas de caricatures sur l'homme d'État prussien
avant 1862. — Points de ressemblance entre M. de Bismarck et Napoléon III.

En 1869, lors d'un procès intenté au *Kladderadatsch* par M. Camphausen, ministre des finances
de la Confédération de l'Allemagne du Nord, offensé de se voir représenté en mendiant, implo-
rant la pitié du Reichstag, l'avocat du journal

berlinois ne craignait point de s'exprimer ainsi :

« M. le ministre des finances se sent atteint, il
» est alors d'un tout autre tempérament que le
» prince de Bismarck. Celui-ci ne se trouve point
» offensé dans son honneur, quand tous les jour-
» naux comiques du monde entier lui font prendre
» les positions les plus variées, tout simplement
» parce qu'il sait n'avoir pas à souffrir de ces
» charges. »

Cette déclaration, cette sorte de constatation
était précieuse à recueillir en tête d'un volume
qui peut être considéré comme l'histoire caricatu-
rale de M. de Bismarck. Elle a été confirmée depuis, et par le chancelier lui-même, dans sa corres-
pondance, et par les nombreux chroniqueurs qui
l'ont étudié pendant la guerre, à Versailles, sous
son côté intime, en quelque sorte familial, on
serait tenté de dire paisible et hospitalier, si l'on
osait s'exprimer ainsi au milieu des horreurs du
moment.

M. de Bismarck ne voit pas, comme Veuillot,
un crime de lèse-divinité dans le fait d'altérer, de
grossir, de charger les traits de la créature faite à
l'image de son Seigneur. Non. Le gros rire germanique, de même essence que le rire saxon, se

LE NOUVEAU BLUCHER

Considérez un Français; contemplez le nouveau Blücher. Le coq gaulois est enfourché par le grand Bismarck.

Sur la selle on lit : *Fer et sang*.

(Frankfurter Latern, 25 mars 1863.)

Les journaux démocratiques allemands accusaient Bismarck de marcher sur les traces de Napoléon III.

complaît volontiers dans ces amusantes déformations. M. de Bismarck, on le sait, se pâme d'aise
devant les joyeuses pochades de Busch. Ce qui

Bismarck déchirant la constitution de la Prusse.

(*Kladderadatsch*, 21 décembre 1862.)

L'inscription qui s'échappe de sa bouche porte : « Avec cela je ne puis
pas gouverner. »

lui déplaît, dans la caricature, c'est l'influence
qu'elle peut exercer, comme arme politique,
contre la prépondérance prussienne : alors elle
devient, à ses yeux, une ennemie, au même titre

que le parlementarisme, que la « phraséologie avo-
cassière », suivant son expression préférée.

Du reste, le portrait-charge tel que le prati-
quaient, au dix-huitième siècle déjà, Italiens et
Anglais, tel que l'ont compris, chez nous, Dau-
mier, Benjamin, Carjat, plus tard Gill et les dessinateurs du second Empire, existe à peine, en
Allemagne. Importé par Vienne, avec le journal
grand format aux images coloriées, il est, à Berlin,
de date récente, et encore n'est-ce point le procédé de la grosse tête sur un petit corps.

Il s'ensuit que toute caricature sur M. de Bismarck se trouve être, de l'autre côté du Rhin, ou
l'annotation d'un fait politique ou une scène de la
vie intime du grand chancelier, occupant la place
principale, et par droit de conquête, et par droit
de célébrité. Peut-être, par habitude, en sera-t-il
ainsi longtemps encore.

Mais autant cette popularité par l'image, une
fois acquise, s'est développée avec une rapidité
extraordinaire, éclatant comme une fusée, autant
elle fut longue à se produire.

De 1847 à 1862, M. de Bismarck s'agite pourtant. Adversaire de tout droit populaire, il vote
contre les libertés nouvelles, contre le parlemen-

tarisme, il mène la résistance du parti féodal; adversaire du mouvement national allemand, entendant rester Prussien et rien que Prussien, il s'élève contre le Parlement de Francfort, qui rêve

Sujet tiré de la tragédie classique.

(*Punsch*, 19 juillet 1863.

Napoléon en Clytemnestre, Bismarck en Égisthe, se préparent à porter le coup de grâce au Zollverein (l'Union douanière allemande qui a précédé la Confédération de 1867). Sur la panoplie du fond on lit : *Égalité des droits* (des tarifs) et sur l'épée de Bismarck : *Traités de commerce*.

Bismarck semblant hésiter, Napoléon lui dit : « Joli coco, par ma foi! Et ça voudrait être mon ami! Reviens-y et je te fl... un coup de pied... quelque part. Tu n'es point digne que l'on compromette pour toi sa mauvaise réputation. »

une sorte d'unité; piétiste-évangéliste, il repousse le mariage civil et se prononce pour l'État chrétien. Voilà, ce semble, une amusante figure à clouer

au pilori, à une époque où l'Allemagne se couvre
de charges violentes sur les politiciens.

Nommé, en 1854, ministre de Prusse à la Diète
germanique, il combat de toutes ses forces l'influence de l'Autriche, il s'attache à réfuter les pré-
ventions du roi contre Napoléon III, il rêve de
projets d'alliance avec la France et la Russie.
Plus tard, ambassadeur à Paris, il se trouve en
intimité parfaite avec l'Empereur. Nos deux personnages se sont compris; ils s'entendent comme
larrons en foire. Encore une physionomie intéressante, à une époque où les journaux à caricatures
prennent la défense des idées libérales.

Eh bien! il faut son entrée aux affaires comme
ministre d'État, pour que le crayon se décide enfin
à vulgariser les traits de M. le comte de Bismarck-
Schœnhausen. De 1847 à 1852, les feuilles satiriques allemandes se sont surtout élevées contre la
Sainte-Alliance des souverains et contre le milita-
risme à la prussienne; elles sont nettement révolu-
tionnaires. De 1860 à 1867, elles dénonceront,
elles attaqueront par l'image les tendances conqué-
rantes de la Prusse, mais en visant spécialement
M. de Bismarck, l'homme en qui s'incarnent ces
tendances, et Napoléon III, qu'elles considèrent

comme un agitateur dangereux, avec ses projets constants de remaniement de la carte d'Europe.

Vus à travers quelque grand in-8°, ces faits con-

Choses de Biarritz.

L'un. — Rien à négocier! Rien à trafiquer! Beaux morceaux de pays, conditions absolument avantageuses.

L'autre. — Je vous remercie, je n'achète pas les objets volés.

L'un. — Comment, volés! Avez-vous, par hasard, apporté vos affaires avec vous, en venant au monde? Et cependant vous en avez, de jolies choses.

L'autre. — Revenez quand il fera nuit!

(*Punsch*, 22 octobre 1865.)

servent une allure solennelle ; mais annotés, mis en relief par de joyeux crayons, ils prennent leur véritable couleur : c'est de la comédie qui abou-

2

tira au drame. « Notre position actuelle dans la
Confédération », écrivait M. de Bismarck à M. de
Schleinitz, le 12 mai 1859, « est un mal que nous
serons obligés de guérir tôt ou tard, *ferro* et
igne. »

« Par le fer et par le sang », toute la politique
prussienne de 1862 à 1870 ! C'est le côté tragique. Mais il y a également un côté comique,
un côté tenant à la fois du reître et du trafiquant,
du détrousseur de grand chemin et du marchand
de contremarques. C'est ce côté que les journaux
à images ont pris soin de faire ressortir, non sans
montrer en M. de Bismarck un élève docile de
Napoléon III.

Suppression de la liberté de la presse, mesures
rigoureuses contre les fonctionnaires suspects
d'opposition, poursuites contre les députés, tout
dans les ordonnances et dans les actes de mai 1863
ne rappelait-il pas les décrets de 1852 ?

Ce n'est pas sans raison qu'en 1870 un démo-
crate allemand pouvait écrire : « Bismarck a
été le singe de Napoléon III, mais le singe a
rompu sa chaîne, et il a tordu le cou à son mon-
treur. »

Et tout s'explique, et tout devient d'une lucidité

parfaite, quand on contemple cette histoire en
petites vignettes.

On comprend pourquoi Napoléon a été séduit,
pourquoi il s'est laissé acculer, et pourquoi, fina-

Proverbes illustrés : Sang et fer.

(*Figaro*, 1er novembre 1862.)

lement, il a été roulé par l'habile compère qui
avait eu soin de garder en main tous les atouts.

L'Empereur est tombé sous des monceaux de
caricatures ordurières ; M. de Bismarck, si violemment pris à partie, pour avoir refusé de coopé-
rer à la création d'une Allemagne démocratique,
force tous les Allemands à le respecter et à l'ad-

mirer, parce qu'il leur a donné une Allemagne unie — quoique... Prussienne.

Et, chose singulière, le 2 Décembre a laissé dans l'histoire une impression de froid glacial ; le 1er juin 1863 a été la source du feu sacré qui s'est emparé de la brumeuse Germanie, après l'avoir fécondée du sang de ses enfants.

II

BISMARCK ET SA GALERIE D'IMAGES

Bismarck et Bonaparte. — Bismarck en Napoléon Ier. —
L'album Bismarck. — Bismarck et l'Almanach à aiguille.
— Bismarck dieu de la machine à broyer. — La caricature
européenne spécialement dirigée contre Napoléon III. —
Bismarck sculpté en casse-noisette.

Alexandre voulut être peint par Apelles; Napoléon Ier, vainqueur des Italiens, fut sculpté par
Canova, l'artiste au puissant génie, que ces mêmes
Italiens révéraient à l'égal d'un dieu; quoi qu'on
en ait dit, je ne sache pas que Bismarck se soit
jamais adressé à un de nos grands maîtres contemporains pour se faire peindre ou sculpter par
lui. Et je doute fort, d'autre part, que, comme
Bonaparte, il ait, un jour quelconque, laissé
échapper cette exclamation : « Si je n'étais pas
conquérant, je voudrais être sculpteur ! » Une

telle idée, une telle passion esthétique ne sont pas faites pour germer en son cerveau. Ce n'est point un conquérant aux conceptions hardies, voulant refondre le monde en un moule nouveau : c'est un conquérant ayant mené à bien une œuvre dès longtemps préparée, ayant vu simplement la patrie avec cet esprit pratique qui est le propre de sa race, n'ayant jamais songé à faire de grandes choses, ces grandes choses avec lesquelles on se couvre de gloire, et qui, malheureusement, aboutissent toujours à des 1815 plus ou moins onéreux.

Le premier Consul a eu ses images populaires dans lesquelles, à pied ou à cheval, il apparaît toujours guidé par la Victoire aux ailes amplement déployées : Bismarck, lui, aura sa chronique illustrée, la notation graphique au jour le jour de ses faits et gestes.

La caricature a reculé devant l'étoile de Bonaparte et surtout devant la police du Consulat. Au contraire, elle n'a point épargné Bismarck travaillant à la destruction des anciens États germaniques pour arriver au nouvel Empire allemand.

Napoléon tombé reçut une avalanche de satires crayonnées : le tout-puissant inspirateur de la poli-

RENTRANT CHEZ SOI

(*Figaro*, avril 1890.)

tique des Hohenzollern qui a, cependant, suscité
bien des haines, disparaît, sans que la caricature
paraisse vouloir se venger sur lui. Bien plus, sous
la forme humoristique, elle sert sa gloire. Munich, depuis longtemps, s'est désintéressée de la
politique. Vienne prend gaiement la chose. Pour
elle, c'est un colosse qui tombe ; c'est Hercule qui
se retire sous sa tente, Hercule vêtu de peaux de
bêtes, en main une hache formidable, prête à en-
tailler des forêts entières.

Un journal de la cité du Danube a cherché à
établir un parallèle entre les adieux de Fontaine-
bleau et la retraite de Friedrichsruhe : selon lui,
retraite comme adieux sont une fausse sortie. Napoléon est revenu de l'île d'Elbe, dit-il, Bismarck
reviendra de Friedrichsruhe. Les hommes de leur
trempe ne tombent que vaincus et, vaincu, Bismarck ne l'est point.

Enfin, qui l'eût cru ? voici l'imagerie allemande
qui nous donne des Bismarck à Sainte-Hélène :
même pose, même regard songeur, même costume,
mêmes bottes que le petit homme à la redingote
grise. Bismarck n'est-il pas né le 1er avril 1815,
alors que Napoléon Ier menait la grandiose épopée
des Cent-Jours ?

Donc, Bismarck a eu ses illustrateurs, et, vivant, il a son album, tout comme un professeur d'Université qui se retire après trente ans de

Bismarck en Napoléon Ier à Sainte-Hélène.

(*Figaro*, avril 1890.)

loyaux services. Le *Bismarck-Album* que publie le *Kladderadatsch* avec un succès sans pareil, a déjà pris place dans toutes les familles d'Outre-

Rhin, coudoyant sur les tables *Amor und Psyché*
et les plaquettes de Schultze et Müller, les deux
petits bonshommes berlinois qui, en images dialo-
guées, causent de tout et sur tout. Quelque chose
comme un *Album-Thiers*, qui serait uniquement
composé des Gill de *l'Éclipse*.

Mais, si intéressante qu'elle soit, cette publication n'éclaire qu'un côté de la figure. Une iconographie, non seulement pour être complète, mais
encore pour présenter quelque valeur documen-
taire, demande tant soit peu de variété, et le crayon
de Scholz, le caricaturiste berlinois, a vu éternellement le même Bismarck.

Or à un homme européen il faut donner une
galerie d'images plus vaste, plus variée : à celui
qui, depuis plus de vingt ans, a joué un rôle pré-
pondérant dans l'histoire des relations internationales, il est bon de montrer ce que les peuples ont
pensé, là où sa politique a été abhorrée ; ce que les
crayons ont dessiné, là où ils étaient libres, là où
ils lui sont ennemis.

Une fois de plus, je mets à profit l'occasion pour
prouver que l'histoire la plus vraie, la plus saisis-
sante s'écrit à l'aide des documents graphiques parlant à la fois aux yeux et à la pensée.

Jamais, du reste, pareille circonstance ne se présenta. Certes, la poussée d'images boulangistes qui a déjà eu son histoire (1) était bien intéressante à noter; mais c'est plus tard, seulement, qu'on pourra l'étudier, alors que l'on sera renseigné d'une façon définitive sur son importance, alors qu'on saura si ces images ne furent qu'un mouvement de spéculation factice et si ce premier acte a reçu une suite logique. Bismarck, au contraire, c'est vingt-huit ans d'histoire, presque un tiers de siècle.

Quelle histoire et quel siècle!

L'histoire de nos désastres, la perte de l'influence française, le siècle du fusil à aiguille et de la Tour Eiffel, des grandes découvertes, des recherches incessantes dans le domaine de la science conduisant, à la fois, à la marche toujours ascendante de l'industrie et aux progrès dans l'art de détruire.

En 1868, Charles Joliet publiait une petite plaquette, l'*Almanach Bismarck*, sur la couverture de laquelle on lisait : « M. de Bismarck est le dieu de bien des machines. Comme l'Allemagne, la

---

(1) Voir le volume *Le Dossier du Général Boulanger* publié en 1888 à la Librairie Illustrée (Georges Decaux), par Georges Grison. Il vient également de paraître, tout récemment, une *Icono-bibliographie des chansons faites sur le Général*.

France porte ses couleurs feuille morte et tabac
d'Espagne. La mode les impose à toutes les créa-
tions de ses caprices. M. de Bismarck passe à
l'état légendaire. »

Hélas oui ! après avoir fait concurrence au
rouge Magenta, au bleu Mexico, le brun Bismarck
devait détrôner toutes ces couleurs, en cette même
année où, toujours rieur, toujours à l'affût de l'actualité, l'esprit français lançait « l'*Almanach à
aiguille*, par le baron de Brisemarque ! »

La contre-marque, elle-même, ne fut-elle pas,
un moment durant, la « bis-marque »?

Et, depuis lors, mettant en pratique ce que
constatait l'almanach de 1868, M. de Bismarck est
devenu, effectivement, le dieu d'une machine formidable, après avoir imposé à toutes les nations ses
caprices et ses couleurs.

Il est la personnification la plus haute de l'em-
ploi des forces nouvelles, dans un but de destruction, d'accaparement et de conquêtes. Il a
été le rouage principal de ce mécanisme. A l'armée de la Révolution, mue par les grandes idées
d'émancipation, à cette armée qui, pour la dernière fois, durant les guerres du second Empire, a
montré l'enthousiasme, l'insouciance, la *furia* des

anciens jours, il a opposé l'armée scientifique,
n'abandonnant plus rien à l'initiative individuelle,
l'armée-machine, de longue date dressée par l'exercice à la prussienne, et dont le dernier mot, quelque
jour, sera, certainement, l'automate mû par l'élec-
tricité. Ceci, Caran d'Ache l'a très nettement
perçu en certaines de ses caricatures, dessinées avec
tant de brio et d'humour.

Bismarck ! il a été tout et il ne le laissait point
voir. Il se retranchait derrière son souverain, en
fidèle ministre, en politique consommé. Mais, autant il tenait à rester derrière le rideau, pour, de
là, pouvoir tout diriger, autant il se complaisait à
afficher l'activité encombrante, la maladie locomo-
trice et annexionniste de Napoléon III. Parcourez
les journaux satiriques publiés en Espagne, en
Italie, en Angleterre, en Amérique, de 1867
à 1870 : nulle part ne se voit le visage de Bismarck,
alors que, partout, apparaît la figure de Napoléon III, au nez ridiculement bombé, dont les
Espagnols finissent par faire un véritable Polichinelle. L'Europe n'en veut point à la Prusse, elle
est si sage, si peu encombrante, si peu occupée
de ses voisins; celui qu'elle poursuit de ses sar-
casmes, c'est l'Empereur des Français.

Ce n'est pas pour rien que le gouvernement, ins-
truit par ses agents et *de visu* — peut-être
ignore-t-on que Napoléon III fut un des plus
fidèles lecteurs de ce *Kladderadatsch* qu'il ne lui
plaisait point, et pour cause, de voir traîner sur les
tables des cafés parisiens — fermait alors les frontières, d'une façon si absolue, aux feuilles caricaturales du dehors. Qui eût vu *Il Pasquino, Il Fischietto, Spirito Folletto, Gil Blas, El Mosquitem,
Jeremias*, — je ne parle pas, à dessein, des
feuilles germaniques, — eut compris que l'ennemi,
pour l'Italien comme pour l'Espagnol, ce n'était
pas Bismarck, mais Napoléon. J'ai dit avec quelle
machiavélique habileté, le ministre prussien avait
travaillé à ce résultat.

On voit donc l'importance du document graphique, et combien il serait intéressant, instruc-
tif, de laisser l'image se répandre au lieu de la
confisquer à la frontière. Mais, voilà! on ne pouvait permettre, venant du dehors, ce qu'on ne voulait pas tolérer chez soi : ouvrir les portes aux caricatures étrangères sur Napoléon III, c'était admettre
implicitement, tôt ou tard, la liberté intérieure du
pamphlet dessiné.

Et maintenant, ai-je besoin de le dire? on ne

cherchera point ici une iconographie de M. de Bismarck, sous toutes ses formes, dans toutes ses multiples manifestations. A notre époque, où l'industrie s'empare indistinctement des personnages et
des choses en vue, le général Boulanger, M. de
Bismarck, la Tour Eiffel se rencontrent sur les

mêmes objets. Et, dans ce
domaine, les Allemands ne
procèdent pas autrement que
nous. Il y a des pipes, des
assiettes, des carreaux de
poêle, des couvercles de
chopes avec des Bismarck;
on le tisse, en guise de lans-
quenet, sur les rideaux, on

La chope Bismarck.

le met sous verre, dans des presse-papier, on
s'en sert comme filigrane, on l'imprime sur les
cuirs et sur les étoffes, sans parler des bronzes, des
sujets de pendule, des bustes en biscuit.

Les Suisses font mieux : ils le sculptent, ils le
découpent en bois et lui donnent, ainsi, des attributions multiples, quoiqu'ils se plaisent surtout à
le représenter sous la forme de bouledogue, de
casse-noisette ou d'encrier, le plus souvent avec
des contorsions grotesques.

M. de Bismarck casse-noisette ! et cela après Napoléon III, car c'était une des figures que la caricature aimait à donner à l'ex-Empereur : quelle leçon et quelle vérité ! Lui aussi, il en a cassé des noix et des noisettes, et peut-être en est-il encore beaucoup d'autres que l'Allemagne voudrait lui voir casser.

Comme Napoléon III également, il joue le rôle du diable dans les petites boîtes carrées desquelles, poussé par un ressort à boudins, émerge le personnage chargé d'amuser ou plutôt de faire pleurer les enfants.

O inanité des choses humaines !

Avoir été prince, empereur et roi.

et devenir pain d'épice, casse-noisette ou encrier ! Toutes les gloires de ce monde ne finissent-elles pas ainsi ?

III

LA CARICATURE DE NOS JOURS
ET LA CARACTÉRISTIQUE DES CARICATURES ALLEMANDES
SUR M. DE BISMARCK

Violence des caricatures rançaises contre les hommes politiques. — Nécessité de réagir. — Bismarck caricaturé
comme homme politique, toujours respecté comme
homme privé. — Caricature humoristique alors même
qu'elle est hostile.

Quel homme politique n'envierait point le sort de
M. de Bismarck, en notre Europe troublée où des
rancunes et des passions sans nom s'acharnent après
les hommes d'État ; en notre France, où tous ceux
qui ont voulu gouverner, affirmer un principe,
montrer l'ombre d'une initiative personnelle, ont
été, depuis Napoléon III, poursuivis par une caricature pleine de fiel, sans mesure, et trop souvent
sans dignité, s'abaissant quelquefois jusqu'à ra-

masser dans la boue ses arguments et ses sujets ;
en notre troisième République où Gambetta, Jules
Ferry, Floquet, Grévy et bien d'autres dont il est
permis de ne point partager les idées, ont vu des
crayons à la solde de partis hostiles, traîner au
grand jour certaines intimités de leur vie privée,
alors que, seule, la vie publique devrait être dis-
cutée, annotée, caricaturée.

La recherche du scandale, en littérature comme
en art, est une des plus tristes tendances de notre
époque. Et ce dénigrement à outrance, ce déchi-
rement, ce « déchiquètement » n'est qu'un aveu
d'impuissance. Les hommes sont ce que nous les
faisons, par nos lois, par nos mœurs, par notre
éducation. Certes je n'entends point défendre la
vertu d'aucun personnage public, mais on ne
recourt pas impunément à pareilles armes, et, en
barbouillant de boue ceux qui président aux destinées du pays, on s'embrène aussi quelque peu
soi-même.

Ah ! le mur Guilloutet, qui donc aura le courage
de l'élever assez haut pour que le crayon ne livre
plus à la publicité du kiosque, ce pilori moderne,
des propos d'antichambre ou des rinçures de
cuisine ?

Ah! la caricature, qui donc aura assez d'influence pour imposer aux masses dévoyées, se complaisant en d'odieuses personnalités, les pages magistrales des crayons de 1830?

Hélas! on a habitué la foule aux barbouillages; elle aime à voir salir ceux qui détiennent le pouvoir qu'elle-même leur a confié, tout comme elle se complaît dans les bavures groseille ou lie de vin, dans les ocres et les sangs de bœuf qui s'étalent à la première page des feuilles populacières.

Qu'un artiste sente en lui quelque chose; écœuré de ces personnalités, de ces basses images, qu'il

Bismarck en vitrail..
Vignette du calendrier
du *Schalk*, 1887.

cherche à dégager la formule nouvelle de l'art caricatural; comme Willette, en son *Pierrot*, qu'il fasse appel à la philosophie, à la grande satire

sociale, au rire vengeur, toutes choses éternelles
parce que humaines, et c'est presque avec indifférence, tout au moins regardant sans comprendre,
que la foule passera devant ces compositions animées du souffle puissant de la pensée et de la con-
ception créatrice.

Soit ! Laissons l'idéal entrevu par des généra-
tions plus heureuses, qui savaient encore placer
dans tout homme un principe, qui taillaient les
personnages à la hauteur de l'idée.

Eh bien ! ceci, à notre époque d'âpreté inouïe
dans les luttes personnelles, un homme l'a obtenu.
Ceci : voir ses traits partout reproduits, ses actes
politiques caricaturés, sa personnalité d'homme
d'État violemment critiquée, sans que jamais
aucune allusion blessante pour sa vie se soit pro-
duite ; ceci, fait rare et peut-être unique, il a été
donné à M. de Bismarck de pouvoir en jouir.
Depuis vingt-huit ans, depuis ce jour de juin 1862,
où il prit en main la direction des affaires de son
pays, ayant à lutter (comme les images ici reproduites le rappelleront avec éloquence) contre des
antipathies naturelles, contre des libertés acquises,
contre un état de choses sanctionné par des siècles
de vie publique, et, pour tout dire, contre les

EN EFFEUILLANT LA MARGUERITE : JEU D'AMOUR

— Il vient de tirer : Amitié — politesse — Un peu — ... pas du tout !
Si ce petit jeu ne sert à rien, il ne nuit pas non plus.

(*Figaro*, 31 août 1889.)

Les deux personnages qui regardent Bismarck-Marguerite se livrer à
ce petit jeu innocent personnifient l'Autriche et l'Italie. A remarquer que
les pétales de la modeste pâquerette qu'effeuille le chancelier sont des
petits canons. C'est, du reste, toute une végétation militaire qui fleurit
à ses pieds.

haines bien justifiées de l'Allemagne du Sud, pas une caricature qui manque de dignité, pas une image qui cherche à salir cet ennemi, contre lequel on fait cependant flèche de tout bois. Et il en est de raides, parmi ces satires crayonnées, qui

Partout des colères : à Berlin, le chancelier; à Vienne, l'opposition.

(*Kikeriki*, 4 décembre 1881.)

resteront comme autant d'actes d'accusation contre les duretés de sa politique ; il en est de terriblement vraies dans ce *Figaro* de Vienne, qui a inauguré la charge au jour le jour faite par des artistes, et dans ce vaillant petit *Punsch* de Munich, étouffé par la guerre de 1870, emportant avec lui les der-

nières manifestations de la grande satire politico-
sociale inaugurée en 1847 avec les *Leucht-
kugeln* (1).

Qu'il s'agisse des portraits à la mine de plomb
de Menzel, croquis personnels rehaussés d'une
pointe d'humour telle que ceux qui ne sont point
familiarisés avec l'art germanique les prennent
pour des caricatures ; des vignettes de Scholz dans
le *Kladderadatsch*, des pages que Juch professeur
d'esthétique et personnage officiel, dessine pour le
Figaro avec une telle science qu'on pourrait voir
en elles de véritables académies caricaturales ;
ou qu'il s'agisse encore des amusantes petites
vignettes du *Kikeriki*, ce coq viennois qui, haut
sur ses ergots, se livre au reportage graphique
des hommes et des choses : c'est presque toujours un Bismarck comicalement disséqué, étudié
dans tous ses gestes, dans tous ses jeux de
physionomie, un Bismarck amusant, souvent en
colère, quelquefois avec une pointe de gaieté que
les Germains, Allemands et Autrichiens, font
depuis bientôt vingt ans, défiler sous les yeux de
l'Europe étonnée, surprise à bon droit de trouver

(1) Littéralement « *Les Fusées* », journal qui eut pour
l'Allemagne, l'importance de la *Revue Comique* en France.

TANT QU'IL M'EN RESTERA UN, JE RESTERAI

(*Figaro*, 1890.)

tant de bonhomie, tant d'entrain chez celui qu'elle s'était habituée à appeler le chancelier de fer. Si même, les feuilles à images coloriées de Vienne et de Berlin nous donnent quelque reître crânement campé, haut sur jambes, chaussé de bottes provocantes, casque en tête et le lourd sabre de cavalerie battant à ses côtés, le dessinateur trouvera encore moyen de communiquer à son personnage un je ne sais quoi d'humour et de satire.

Un géant au corps assoupli, forcé qu'il est de se baisser sans cesse pour parler aux nains qui l'entourent, un ogre bon enfant ; en toutes occurrences, un personnage qui tient à la fois du renard et du lion, qui a même certains rapports avec le chien, bouledogue ou Saint-Bernard ; un charmeur félin, qui, toujours, fait patte de velours, un vrai Germain, à la fois batailleur et rêveur, reître et philosophe ; un être double aimant le rire et le boire, dont la franche bonhomie est pleine de sous-entendus, qui sera aussi assidu au sermon qu'à la *Früschoppen*, qui dirige l'État avec une volonté de fer, qui fait trembler l'Europe, et qui, comme un vieux fonctionnaire retraité, se complaira aux récits de la ménagère et laissera son visage doucement s'épanouir à la vue d'une *Biersuppe* (1), de *Knödels* (2) bien fumants, ou de *Knackenwürstl* (3) croquant sous la dent.

Tel est le Bismarck popularisé depuis 1870, le Bismarck qui ne saurait se concevoir sans la grande casquette d'ordonnance et sans l'uniforme du cuirassier blanc, le Bismarck qui restera. En civil, il paraît incomplet, s'il n'est pas gauche et même quelque peu emprunté comme dans le beau portrait de Lenbach, le puissant artiste qui n'est plus un inconnu pour nous.

Mais, avant d'en arriver là, avant d'incarner ainsi en lui toutes les particularités d'une race, il a passé par d'autres étapes. Avant d'être Bismarck, avant de devenir le représentant d'une Allemagne nouvelle, il fut le ministre, plein de morgue, d'un royaume encore dans sa période d'incubation et ce sont là, aujourd'hui, autant de pages d'histoire, qu'il est intéressant de fixer d'une manière durable, en faisant appel au crayon des dessinateurs.

(1) Soupe à la bière.
(2) Littéralement : quenelles ; grosses boules rondes de viande ou de farineux qui cuisent dans la soupe et souvent se mangent avec.
(3) Petits saucissons bien dodus.

IV

Bismarck ministre. — Un policier-diplomate. — Bismarck
maudit. — Bismarck roi de Grèce. — Bismarck singe de
Napoléon III.

Il est arrivé aux affaires, lui qu'on disait ne
devoir arriver à rien (1). Mais il fallait un homme

(1) J'emprunte les renseignements qui suivent à un article
publié récemment par la *Petite Revue* (5 avril 1890). C'est
le résumé de ce qui se trouve dans toutes les biographies
allemandes au sujet du Chancelier.

Au gymnase de Berlin ce fut un élève médiocre, et à
Gœttingen, où il fut envoyé ensuite, un étudiant plus
médiocre encore. Il y avait un an qu'il était à l'Université
qu'il n'avait pas encore mis les pieds au cours. Comme
son père le recommandait à son professeur de droit, Hugo :
« Vraiment, dit celui-ci, je ne demande pas mieux que de
m'occuper de lui, mais il est resté invisible jusqu'à ce jour. »
Turbulent, tapageur, insolent et brutal, il buvait comme ses

à poigne et l'on ne pouvait mieux rencontrer.
Botté, éperonné, il montra bien vite qu'il saurait
jouer au Louis XIV pour le compte de son maître.
Les lois dansèrent une véritable sarabande et la
Constitution fut ébranlée jusque dans ses bases.

Suivons, si vous le voulez bien, notre ami
Figaro, qui va, ici, nous servir de guide et nous
faire pénétrer dans le secret des coulisses.

ancêtres, il se battait comme eux : il eut plus de vingt duels
et, convoqué un jour devant le conseil de l'Université, il
s'y présenta en robe de chambre et en bottes à l'écuyère.
Un formidable bouledogue, qui marchait toujours sur ses
talons, faillit dévorer l'huissier qui l'introduisit.

Ce sont là des détails vulgaires ; mais ils ne sont pas
inutiles pour donner une idée de l'homme. A cette époque,
le sang maternel ne parlait pas encore : il traînait derrière
lui dans son pays des loups et des ours, tirait des coups de
pistolet aux oreilles de ses amis pour les réveiller ou donnait jusque dans son salon la chasse à des renards lâchés
à dessein pour effrayer les dames. Aussi, quand il devint
en 1836 référendaire à Aix-la-Chapelle, on peut penser que
ce fut un singulier fonctionnaire. Il avait surtout un esprit
d'indépendance qui faisait le désespoir de ses supérieurs et
que lui-même n'a jamais toléré depuis chez ses subalternes.
Un jour que son chef immédiat lui avait fait faire antichambre pendant une heure, il se fâcha. « J'étais venu,
dit-il, pour m'entretenir avec vous ; mais réflexion faite, je
vous apporte ma démission. » Elle fut acceptée et il vécut
pendant quelques années en gentilhomme campagnard,
devint surintendant des digues dans son district, ce qui
était bien modeste, chassa, fuma, bâilla et enfin se maria.

Bismarck-Schœnhausen. — Il y existe une limite aux choses que peut écouter un roi de Prusse.

(Figaro, 14 février 1863.)

Réponse du pouvoir absolu à l'adresse des parlementaires qui avaient fait appel au roi Guillaume.

Voici, tout d'abord, le ministre et son souverain.

Le souverain est grand, maigre, efflanqué, ventre rentré. Sur ce corps osseux flotte une

Me faudra-t-il donc quitter la ville sous cet accoutrement?
(Figaro, 14 mars 1863).

Bismarck, habillé en vagabond, porte sur lui le fer et le sang avec lesquels il prétendait régénérer l'Allemagne.

longue tunique... redingote de prédicant protestant, agrémentée d'épaulettes. Il tient en main le globe et le sceptre. Derrière lui, un personnage se hausse pour placer sur sa tête une couronne déjà plus Impériale que Royale. Ce personnage au

ventre proéminent, aux bottes énormes, vêtu d'un
habit de fonctionnaire, c'est M. de Bismarck-
Schœnhausen, si peu connu encore que besoin est
au dessinateur d'indiquer son nom.

Voici donc le ministre de S. M. le Roi de Prusse
parvenu à l'état de « personne caricaturable », et
dès lors, il ne quittera Guillaume que pour apparaître aux côtés de Napoléon III.

Ce que nous racontent les crayons autrichiens
c'est le premier acte du drame qui doit aboutir à
1866 puis à 1870 ; une petite histoire non sans
intérêt, et dont la moralité est tout à fait *frappante*.

Dans les États parlementaires, il n'est point permis aux ministres de dépasser les prévisions du
budget voté par les Chambres, le droit prime la
force, et toute violation de la Constitution vous
conduit droit à la guillotine. Chacun sait ça. Mais
de la théorie à la pratique, *Figaro* trouve qu'il y a
loin. N'est-ce pas toujours le fameux chapitre des
interprétations ? Et en un de ces pays constitution-
nels ayant nom la Prusse, il nous montre le premier ministre piétinant le budget, les journalistes
assommés ou expulsés, et le sieur Otto recevant
pour ces hauts faits la croix de l'Aigle rouge qu'il
est... condamné à se pendre au cou.

En peu de temps, dépouillé de tout ce qu'elle

Voilà comme il faut que les choses soient ; autrement, il n'y a
pas d'ordre possible.

« BISMARCK ».

(*Figaro*, 13 juin 1863.)

Le chapeau du bailli autrichien Gessler devenu, avec le progrès, le
chapeau Bismarck.

possédait, la pauvre Borussia se trouve obligée de
venir chanter sous les fenêtres du Barbare : « Tu

m'as réduit à la misère : de moi que veux-tu donc
encore ? »

Ce qu'il veut ce « Bismarck-Papageno (1) »
cet « agile chanteur » — doux noms d'oiseau donnés
à Vienne — que le caricaturiste se plaît à nous représenter en vagabond, chassé des villes, succom-
bant sous le poids de son bagage de fer et de sang,
ce qu'il veut, c'est chausser les bottes du 2 Décembre. Napoléon, qui ne l'ignorait point, a eu
soin de les poser sur son chemin, comme par
hasard. L'aigle, pour la circonstance, est devenu
un homme des bois, et le dessinateur explique
combien facilement l'on prend les singes quand,
de glu, on enduit les bottes.

Ce qu'il veut, ce représentant du « parti des
chauves-souris » ce *Junker* (2) à l'esprit étroit,
fermé aux idées nouvelles, c'est changer les loca-
taires des Chambres prussiennes. Sans plus de
façon, il va leur faire donner congé par son souverain. Ce qu'il désire c'est continuer Gessler,

(1) Les feuilles caricaturales allemandes affectionnèrent
tout particulièrement les emprunts faits à la *Flûte enchan-
tée*.

(2) La chauve-souris a joué en Allemagne le même rôle
que l'écrevisse et l'éteignoir dans la caricature française. —
Les *Junker* ce sont les vieux féodaux.

DEUX MOUCHES DU COUP

Ou, de la sorte, on contenterait à la fois la Prusse et la Grèce; — (la Grèce qui veut un roi et la Prusse qui ne tient nullement à un ministre fer et sang. Seule, la *Gazette de la Croix* se lamente à l'idée de perdre son bien-aimé et elle le tire par son habit).

(*Figaro*, 4 avril 1863).

c'est rééditer le petit jeu du chapeau, c'est faire saluer, par tous, le tuyau de poêle de M. de Bismarck. Tout autre forme de gouvernement lui paraît, du reste, impossible.

Ainsi pense le « Monsieur des ordonnances sur la presse », le Monsieur qui rêve l'abonnement forcé pour sa chère *Norddeutsche* (1) et qui, pour ce faire, supprimerait volontiers tous autres journaux et journalistes. *Figaro* qui, comme son homonyme parisien, rase les gens au propre, sans jamais les raser au figuré, lui répond par ce petit entre-filet : « L'officier d'ordonnance bien connu, von Bismarck, qui s'est acquis un nom dans le monde des théâtres par la représentation de plusieurs pièces à grand spectacle, a l'intention de hâter la mise à la scène de sa nouvelle œuvre laquelle, très certainement, portera le titre de « Octroiements ». Si les apparences ne sont point trompeuses, le peuple berlinois, qui paraît beaucoup s'intéresser à cette comédie, se chargera de fournir, contre la volonté de l'auteur, le feu d'artifice. »

(1) *Norddeutsche Allgemeine Zeitung* (Gazette **générale** de l'Allemagne du Nord), aujourd'hui encore l'organe attitré de M. de Bismarck. C'est elle qui lance ses ballons d'essai.

Et *Figaro*, dont l'échoppe de barbier est bien achalandée, n'hésite pas à faire, à l'aide de son crayon, une « proposition pour le contentement de tous. » Car si la Prusse, à l'exception de la vieille perruque qui a nom *Gazette de la Croix*, ne veut pas du premier ministre, la Grèce, elle, désire un roi. Qu'on lui donne la couronne de Grèce, à cet enfant terrible, et les deux femmes seront satisfaites.

Figaro a ses libres allures; *Figaro* pense donc que les feuilles prussiennes si bien traitées par les ordonnances de Juin, ne sauraient mieux faire que de se transporter à Vienne : là, au moins, elles pourraient parler *librement...* sur la Prusse.

1862-63-64. Toute une guerre à coups d'épingle, dans laquelle le premier ministre n'est pas ménagé : on le met sur la sellette et on l'oublie sur un trône... Point celui de Grèce qu'on lui offrait si généreusement.

Quant au type dessiné, le voici :

Un fonctionnaire tenant à la fois du policier et du diplomate, au lorgnon vissé sur l'œil, à la tête déjà peu garnie, à la grosse moustache; tantôt rappelant par plus d'un trait le vieux *Zopfträger* (1)

(1) *Zopfträger*, littéralement : porteur de cadenette. Ce

de la caricature de 1848, le ventripotent *Staats-hämorrohidarius* (2), légué par la Restauration,

Bismarck. — Arrêtez! Arrêtez!

Plaque commémorative pour M. de Bismarck : Dans l'un des bâtiments de la station où le ministre prussien, durant son dernier voyage, s'arrêta assez longuement, des plaques de marbre doivent être posées avec l'inscription suivante en lettres d'or :

ICI

M. de Bismarck daigna, à son dernier passage, s'arrêter deux heures contre sa volonté.

(*Figaro*, 24 octobre 1863).

sont, les vieilles perruques, qui, au figuré comme en réalité, résistèrent aux attaques du progrès avec une ténacité sans pareille. La France s'en débarrassa en 1830. En Allemagne on les voit encore en 1848.

(2) *Staatshämorrohidarius*, littéralement *l'hémorroïdaire de l'État*. Epithète donnée aux vieux « culs-de-plomb » des bureaux qui, à être éternellement assis sur la moleskine officielle, ne gagnaient pas seulement leur retraite mais aussi des... vous savez quoi.

avec son bicorne aussi profond qu'un éteignoir,
tantôt avec des attitudes de sbire plus moderne,
avec des faux airs de «baron de Münchhausen» : tel
apparaît sous le crayon de Léopold Müller, dessinateur du *Figaro* en cette année 1863, celui qui
n'a encore de Bismarck que le nom. C'est un
rouage, c'est un des mécanismes de l'État, ce n'est
point le personnage qui, quinze ans après, se déga-
gera d'une façon si personnelle de tout son entourage.

Ministre du roi de Prusse, il prépare, il organise
l'avenir : Berlin le craint ou l'admire, Munich le
houspille, Vienne le devine.

« Là où brillent les étoiles de M. de Bismarck, il
doit faire nuit », dit l'ami *Figaro*.

Le personnage se développera : la chenille deviendra papillon; mais de ressemblance physique
avec ce qu'il est alors et ce qu'il deviendra demain, n'en cherchez point. Le type de l'Empereur
d'Allemagne est déjà fixé pour la postérité, il ne
bougera plus; la figure de Bismarck n'a pas encore
revêtu son masque, il n'est que le chevalier à la
triste figure de « Madame Réaction » et de « Mademoiselle Feodalia. »

Ce Bismarck, les Allemands ne le connaissent

plus, les Français ne l'ont jamais connu; il importait donc de le tirer de l'oubli et de le faire défiler graphiquement sous les yeux du public.

Dramaturgie, d'après « Fiesko » de Schiller.

N'est-ce pas, Fiesko, tous deux nous nous jetterons sur Gênes, ensemble nous balayerons les lois.

(*Figaro*, 4 juillet 1863)

« Lanterne magique, pièce curieuse à voir! Les verres vont changer. » Passons au second tableau. Après Vienne, Munich.

V

M. DE BISMARCK CARICATURÉ PAR LES ALLEMANDS
1862-1869

Les petites vignettes du *Punsch* de Munich. — Tout au fer
et au sang. — Haine non déguisée à l'égard de Bismarck.
— Les grandes caricatures de la *Lutern* de Francfort.

« Je déteste Bismarck, il déteste Bismarck, nous
détestons Bismarck. » Ainsi s'exprime sur tous les
tons le *Punsch* de Munich, une feuille lilliputienne,
un petit carré de papier qui, pendant vingt ans, a
fait bravement son devoir. C'est dans cet in-8° qu'il
faut chercher toute la chronique illustrée des déchi-
rements, des luttes intérieures, des guerres de
1862 à 1870. Question de Pologne, question du
Schleswig-Holstein, questions du Hanovre et de la
Hesse, démêlés et batailles des chancelleries allemandes, ces « toiles d'araignées de la politique »,

suivant la pittoresque expression de Henri Heine;
— entrevues répétées de Biarritz entre Napoléon III
et Bismarck; — brouilles et réconciliations cons-
tantes entre la Prusse et l'Autriche, politique tor-
tueuse du ministre prussien voulant à tout prix
évincer les Habsbourg de l'Allemagne, séduisant
le Roi par des projets d'agrandissement territorial,
triomphant de la Cour qui, jusqu'au dernier moment, s'était élevée contre tout conflit austro-prus-
sien (1); — hostilité non déguisée des États de
l'Allemagne du Sud; guerre de 1866, dures conditions imposées aux États vaincus placés tout aussitôt sous la dépendance militaire du roi de Prusse;
— machiavélisme profond à l'égard de la France;
affaires du Luxembourg; — entrevue de Salzbourg,
entre François-Joseph et Napoléon III (2); — finas-
series diplomatiques de M. de Bismarck, toujours
à la recherche d'une nouvelle occasion de rupture,

(1) Une caricature du *Figaro* de Vienne, en date du 14 avril
1866, est significative. Elle est intitulée : *Le mauvais démon
et le bon génie* et montre le roi de Prusse tiraillé entre
M. de Bismarck et la reine Augusta.

(2) Cette entrevue avait fort déplu à M. de Bismarck.
D'où la quantité de vignettes dans lesquelles on lui offre des
poires et même des raisins de Salzbourg, fruits qu'il refuse
comme trop verts.

mais sans vouloir prendre l'initiative des déclarations d'hostilités, — tous ces événements récents
et pourtant déjà lointains se trouvent exposés en
petites vignettes amusantes, que dessine et grave

Etablissement du vétérinaire de la Confédération germanique.

Crois-tu, par hasard, prolonger tes jours en faisant le beau?
(*Punsch*, 8 janvier 1865.)

un artiste, d'un talent secondaire, mais aux vues
profondes, E. Schleich.

Pour le directeur du *Punsch*, l'univers se résume
en un casque, le casque à pointe prussien qu'il ne
faudrait point confondre avec le casque romain de
Bélisaire, accessoire de carton à l'usage des coulisses de théâtre ; — et la comédie humaine se

trouve mise en action par Bismarck et Napoléon III.

Bismarck, M. de Gebismarck-Schönflausen, —
c'est ainsi qu'on l'appelle pour le simple plaisir de
torturer son nom — n'est-ce pas la grande curiosité d'Europe ? Pour aller le voir, on propose, pendant les vacances, l'organisation de trains de plaisir entre Vienne et Berlin. Songez donc : Où
trouver deux personnages de son espèce ? Ministre,
il a inventé le « ministère des crises », les Chambres
votent contre lui, lui refusent tout crédit. Chasseur, il se fait « ramasser » par les chamois ; pêcheur à la ligne, les poissons ne veulent pas
écouter ses appels désespérés. Et malgré cela, il
arrive à gouverner : bien plus, il est le maître.

La politique de fer et de sang, « c'est le sang
qui sort, tandis que, à la place, entre le fer étranger ». Telle est l'explication donnée par Maxl et
Sepperl, les deux petits gamins munichois, apprentis savetiers, que Schleich fait manœuvrer à sa
guise. Voici, du reste, les avis qui, sous forme
d'annonces, se lisent dans le *Punsch* :

« Le soussigné porte respectueusement à la
connaissance de la noblesse et du très honorable
public qu'il a repris les affaires du bienheureux

M. Caligula, et qu'il a l'intention de les diriger dans un sens plus conforme aux besoins du présent. Il prie donc le public de bien vouloir reporter sur lui la confiance que son prédécesseur

L'un. — Bonjour, camarade, à quoi dois-je l'honneur ?

L'autre. — Je voulais seulement vous demander combien de temps vous pensez encore rester ici.

L'un. — Pourquoi cette demande ?

L'autre. — Parce que moi-même j'aurais grand plaisir à m'asseoir à mon tour.

L'un. — Cela ne se peut.

L'autre. — Vous voici, tout d'un coup, bien du courage.

L'un. — Vous savez, camarade, si vous désirez quelque chose, ne vous gênez point, demandez. Prenez garde, d'ailleurs, que votre chien ne vous morde. (Le chien porte sur son collier : parti progressiste.)

(*Punsch,* 18 février 1866).

Allusion aux discussions entre la Prusse et l'Autriche pour la garnison du port de Kiel.

avait si bien su se gagner en fait de cruautés sanguinaires, et de donner à sa jeune maison tous les

encouragements auxquels elle a droit. Signé :
von Bismarck-Schœnhausen, tyran de Cabinet
berlinois et faiseur breveté de Césarisme.

« *Post-scriptum.* Dans mon établissement, le
sang est enlevé et redonné. Je paie bon prix les osse-
ments frais. En tout temps j'achète volontiers les
débris de viande autrichienne. Je prends à 1 *silber-
groschen la livre de vieux fer.* Signé : Bismarck,
fabricant. »

Le fer et le sang sont à la mode, illustrés par
Punsch, Figaro, Latern. On voit surgir, de toutes
parts, des docteurs *Blut*mann (homme de sang)
des docteurs *Eisen*mann (homme de fer), des docteurs *Eisen*stuck (barre de fer).

« C'est moi qui suis le docteur *Barre de fer*, dit
la légende d'un dessin de la *Latern*, guérisseur de
l'État à ma manière (la gravure représente Bismarck arrachant la langue à dame Borussia). Avec
science et habileté je sais faire un trou dans la
Constitution. »

Voici un fait divers découpé dans une chronique
du *Punsch*. Alors, on ne songeait pas encore aux
réclames rimées du savon du Congo. « Au jardin
zoologique de Berlin se trouve, s'il faut en croire
les journaux, un tigre apprivoisé capturé à Siam

peu de temps après sa naissance, et ramené en
Europe sur un navire prussien. On peut approcher
sans danger de l'animal qui est le préféré du
public. Ce tigre si doux, si bon enfant, a reçu le
nom de Bismarck. »

Le poissonnier paresseux.

N'est-ce pas, c'est ce qui s'appelle tourmenter les animaux Il faut
ou que je te tue ou que je te sorte de ton élément naturel. Ne vaut-il
pas mieux te résoudre de bonne grâce à la mort !

(*Punsch*, 11 juin 1865.)

Allusion aux difficultés de toutes sortes suscitées par M. de Bismarck
au Landtag prussien.

Mais ce sont surtout les continuels voyages de
Berlin à Paris durant les années 1862 et 1863, qui
amusent le rédacteur du *Punsch*. Les éphémérides

portent à chaque mois, des notes ainsi libellées :

« Juin. — M. de Bismarck va à Paris pour s'acheter une contenance.

« Septembre. — M. de Bismarck va à Paris pour voir Eugénie.

« Octobre. — M. de Bismarck retourne à Paris pour s'acheter des gants. »

Puis une série de petits faits empruntés à la chronique locale des événements.

— A Berlin, il est, dit-on, question de percer un boulevard Bismarck. Un habitant du coin fait observer à ce propos : « Eh bien ! ça sera une jolie promenade. Là où est Bismarck, ne saurait assurément pousser le moindre brin d'herbe. »

— A Gastein, en 1863, M. de Bismarck s'était fait, nous l'avons vu, la réputation d'un très mauvais excursionniste et d'un encore plus mauvais chasseur de chamois. « Naturellement, » dit le *Punsch*. « Sur les montagnes habite la Liberté et, en de telles régions, un Bismarck ne pourrait jamais être chez lui. »

— A Munich, en 1863, en plein mois d'août, Bismarck ne veut pas se montrer de par les rues, en voiture découverte. Il ne faut point s'en étonner, insinue le *Punsch;* ne voit-on pas toutes les

BISMARCK, LE GENDARME DES FRONTIÈRES
RUSSO-PRUSSIENNES

A cheval sur les mauvais propos (c'est ce qui se lit sur la selle), Bismarck a enfourché le fringant coursier de la réaction.

(*Frankfurter Latern*, 4 mars 1863.)

Caricature au sujet des affaires de Pologne.

semaines transporter en voitures fermées les gens
qui ont commis quelque mauvaise action. »

Bismarck, toujours Bismarck; rien ne se fait,
rien ne se dit, rien n'arrive sans qu'on n'en profite
pour lui lancer quelque calembredaine. Des journaux sont-ils interdits en Prusse? Cela ne sur-

La nourriture ne serait point mauvaise, mais quel appeau !

(*Punsch*, 22 avril 1866).

Bismarck est en chat dans la cage du Parlement, appelant à lui les
moineaux.

prend point, estime le *Punsch*, mais ce qui dépasse
la mesure c'est qu'un Bismarck y soit toléré. Une
pièce est-elle sifflée ? Bravo ! mais à quand le tour
de Bismarck ?

Succession de jeux de mots, d'à peu près, de
calembours, absolument intraduisibles, au milieu
desquels l'on verra figurer, plus tard, des « Ein-

Marck », des « Sed non *Bismarck* », des « on peut
être *Bismarck* et ne pas valoir *un* marck. »

A l'égard du Prussien la sympathie n'est que
médiocre. Mais vis-à-vis de Bismarck c'est de la
haine, dans toute l'acception du mot.

L'attitude dans les questions de politique étrangère n'est pas moins caractéristique. Tandis que
les journaux de Berlin, le *Kladderadatsch* surtout, attaquent à journée faite Napoléon III,
l'Impératrice, Lulu, le *Punsch* ne sépare pas
Napoléon de Bismarck. La politique de ce dernier
à l'égard de la France, il la qualifie crûment de
« politique Mabille. »

En 1863, lorsqu'il fait avances sur avances au
Cabinet des Tuileries, le *Punsch*, plein d'illusions
sur la droiture napoléonienne publie, une vignette
caractéristique. Elle est intitulée « Au jardin zoologique de la diplomatie européenne » et représente
Bismarck offrant des gâteaux à un perroquet
sous les traits de Napoléon. Légende :

« *Bismarck* : — Jacko! tiens ! tiens !

« *Jacko.* — De toi pas un chien qui veuille
accepter un morceau de pain; ne compte donc
pas sur moi pour prendre ton sucre. »

Plût au ciel que l'Empereur eût tenu compte des

LA DANSE DES ŒUFS POLITIQUES

Et il est passé maître en cet exercice, et il croit que tous restent entiers et qu'aucun n'est cassé. Cassé, non, puisque, comme vous le voyez, il se contente de tourner autour de chacun d'eux.

(*Frankfurter Latern*, 30 septembre 1863).

Sur les œufs on lit : *Constitution, Lois sur la presse, Réformes, Élections, Ordonnances.*

sages conseils du dessinateur munichois ! Mais sans cesse en coquetterie avec le « chevalier-pillard Bismarck », sans cesse espérant quelque accroisse-

Dernier témoignage d'amour de Bismarck à l'égard de
la Bavière.

Attends, cher frère, je vais te vider (te saigner) un peu, de façon que
tu ne deviennes pas trop entreprenant.

(*Punsch*, 21 juin 1866).

ment de territoire, quoique toujours déçu dans ses espérances, Napoléon III devint pour Martin Schleich le digne acolyte du ministre prussien.

Celui qui écrivait en 1869 : Ce n'est pas un

modus vivendi qu'il faudrait trouver à l'Allemagne, à l'Autriche, à la France, mais bien un *modus dividendi*, celui-là fut un profond philosophe. A Munich, à Francfort, à Hambourg, à

— Mais, mon petit monsieur, vous n'avez les mains guère propres !

— Essayez donc de toucher à la poix sans vous salir.

— Oui, mais il me semble que vous tripotez en ce moment tout autre chose que de la poix.

(Punsch, 14 février 1869.)

Le paysan ici représenté en conversation avec M. de Bismarck est Michel, le Jacques Bonhomme allemand. Sur la caisse, on lit : « trésor du Hanovre et de la Hesse électorale. »

Dresde, à Stuttgart, comme à Vienne, où le *Figaro* continuait vaillament la lutte, M. de Bismarck fut ainsi malmené jusqu'en 1868 par une imagerie au service de laquelle vinrent se ranger des crayons déjà connus. Et si, à partir de ce moment, il fallut changer de ton, mettre une sourdine à la polémique des années antérieures, l'animosité n'en

Die verfolgte Unschuld.

Ach! ach! ach! man will uns unsere Machtstellung in Deutschland verkümmern.

(Siehe Staats-Anzeiger vom 4. September.)

L'INNOCENCE PERSÉCUTÉE

Hi! Hi! Hi! l'on veut porter atteinte à notre situation de grande puissance en Allemagne.

(*Frankfurter Latern*, 22 septembre 1863.)

subsistait pas moins. C'était sans cesse des : « le
comte de Bismarck doit bien le savoir, lui qui »,
« le comte de Bismarck ne saurait s'en étonner,
lui qui, » etc...

Statuette connue.

L'Amour tourmentant Psyché.

(*Punsch*, 7 avril 1867.)

Traduction vulgaire : M. de Bismarck brûlant les ailes à Napoléon III au soleil de Sadowa (1866).

Tandis que le *Punsch* annotait ainsi les événements, expliquait l'histoire au moyen de vignettes,
la *Latern* de Francfort, plus grande, plus artistique, — elle était dirigée par un peintre et par un
sculpteur, — donnait des portraits-charge du ministre prussien, sous les attitudes les plus diver-

ses : c'est en un format restreint ce que seront nos journaux de 1866 ; c'est, à proprement parler, ce que furent le *Gaulois*, le *Diogène*, les illustrés de la première moitié de l'Empire. Dans ces fantaisies, dans ces allégories, se trouve souvent plus d'une idée heureuse. Entre toutes, — sans parler des images ici reproduites — je note cette des-

Communication avec Berlin.

[(*Punsch*, 28 novembre 1869).

Le personnage ici représenté est un député bavarois jadis connu pour son opposition à la Prusse.

cription du Paradis prussien mise en légende au bas d'une gravure :

1. Et le serpent Bismarck devint plus rusé en présence de toutes les tentatives de progrès dans le pays.

2. Et il persuada à la réactionnaire Ève qu'elle mangeât du fruit de l'absolutisme, qui poussait à l'arbre du féodalisme, lequel fut appelé « édit sur la presse du 1er juin ».

3. Et Ève partagea avec son époux, le progressiste Adam qui, lui aussi, mangea du fruit.

4. Alors leurs yeux s'ouvrirent; ils comprirent

Groupe d'après Kaulbach ; peinture murale et d'actualité, à l'encaus-
tique, à exécuter dans chaque salle de Parlement de l'Allemagne du
Sud. La vieille Jérusalem est en ruines ; la nouvelle se trouvera aisément.
(*Punsch*, 2 décembre 1866.)

à quoi ils venaient de s'exposer et ils eurent honte
de leur faiblesse.

5. Et le Seigneur dit au serpent : « Tu seras puni,

toi qui as fait cela. Désormais, il y aura guerre à
mort entre toi et le progrès, et ce dernier t'écra-
sera la tête.

6. Alors vinrent les anges de la Guerre et de la
Révolution brandissant en main des épées flam-
boyantes, et ce fut la fin du paradis sur terre. »

Par cette légende, par les images, on peut juger
du diapason auquel avait atteint, alors, la lutte
sourde entre le Nord et le Sud, entre la Prusse et
l'Autriche, entre ceux qui rêvaient d'une sorte
d'Allemagne confédérée à la façon helvétique, et
celui qui cherchait à reconstituer une Allemagne
nouvelle sous la domination des Hohenzollern. A
peine lâchée par l'aigle autrichien, l'Allemagne
sentait déjà sur elle les serres de l'aigle prussien.
Et cette liberté entrevue, qui la lui ravissait? Un
homme, M. de Bismarck.

Voilà pourquoi la satire le secouait si vigoureu-
sement; voilà pourquoi, par la plume et par le
crayon, les journaux illustrés le malmenaient sans
jamais le moindre répit. Lui! toujours Lui! Pour
les Allemands il y avait deux *Er* : le *Lui* (Louis)
de France (Napoléon III) et le *Lui* de Prusse.

C'était le Mauvais Génie, une sorte de Gustave
le mauvais sujet, un polisson mal élevé, ne recu-

lant devant aucune impolitesse, aucune grossiè-
reté, un rural, un féodal, ayant en lui du Tyl Eulenspiegel.

De ses actes on eût pu constituer un recueil

A la recherche d'un domicile politique.

Bavarois. — Alors, vraiment, il n'y a plus aucune place pour moi et
mes amis ?

Bismarck. — Sur le devant plus rien, mais sur le derrière, à votre
service.

Bavarois. — Je m'en tirerai sans doute, à meilleur compte, dans ces
conditions.

Bismarck. — Cela non ! C'est aussi cher dans les dépendances. Vous
profitez également du renom de la maison et cela se paye.

(Punsch, 24 février 1867.)

de farces, écrit un auteur comique de l'époque. Et
tous, même le *Kladderadatsch*, sont d'accord
pour voir en lui un casseur d'assiettes.

Figaro, *Frankfurter Latern*, *Punsch*, tels sont donc les trois feuilles à images qu'il faut parcourir si l'on veut avoir la véritable physionomie des événements contemporains, et plus que toutes les autres, avec leur saveur, les petites vignettes

Intendant Bismarck. — Vous n'êtes point satisfaite de la situation que vous venez de conquérir? Point satisfaite de ce que je vous paye? Je vous engage à vous tenir en repos et à ne point solliciter autre chose que ce que je vous donne.

Mademoiselle Francfort. — Vous pouvez m'opprimer, mais quant à me forcer à chanter juste, c'est une autre affaire!

Intendant Bismarck. — Puisqu'il en est ainsi, je vous ferai éreinter par mon critique Braun.

Mademoiselle Francfort. — Plus que jamais mon parti est pris. Adieu. Vous ne resterez pas intendant éternellement.

(*Punsch*, 14 mars 1869.)

du *Punsch* constituent la véritable histoire tintamarresque, pittoresque, drolatique de M. de Bismarck, fondateur de la puissance prussienne et metteur en scène des faits qui doivent aboutir à la Confédération de l'Allemagne du Nord, puis à l'Empire allemand.

Ici mettant la main dans la poix — lisez l'or des caisses publiques allemandes — ou engageant les

Un Kellner effronté à l'hôtel de l'Union allemande : « Gare la sauce, messieurs ! »

(*Punsch*, 29 avril 1866).

petits États à s'appuyer sur lui, là adressant de vertes réprimandes à « Mademoiselle Francfort », ou, serviteur improvisé, renversant les sauces sur les monarques attablés à l'*hôtel de la nation allemande*, ou encore, propriétaire d'hôtel meublé, n'ayant plus aucune place à offrir à « messieurs du Sud » ; il est bien toujours le personnage méphistophélique entrevu par la légende et qui aboutira au Cadet-Roussel germanique à trois cheveux — le baromètre politique de la diplomatie européenne.

VI

M. DE BISMARCK ENCENSÉ PAR LES ALLEMANDS
1870-1890

Le *Kladderadatsch* et les caricatures berlinoises. — La question religieuse : à Canossa. — Les trois cheveux du chancelier. — Questions budgétaires et de politique intérieure. —
Bismarck intime. — Bismarck vu par les artistes et dans
le livre.

Nous venons de voir le Bismarck prussien,
voici le Bismarck allemand. C'est presque un autre
personnage. Entre ces deux incarnations du « Ri-
chelieu germanique » la différence est aussi grande
qu'entre Don Carlos et Charles-Quint, mais le
chancelier allemand n'a rien oublié du chancelier
prussien.

Peu à peu, grâce au *Kladderadatsch*, une
légende se crée et les crayons berlinois prennent
leur revanche sur les crayons munichois. *Kladde-*

radatsch, *Berliner Wespen* (Guêpes berlinoises
Ulk (Hibou) puis *Schalk* (Bouffon) sont les illustrateurs attitrés de cette nouvelle période durant
laquelle l'ennemi de la veille devient le seul dieu
du jour (1). Bismarck est le Grand Pan : en lui se
résument toutes les aspirations, toutes les tendances de l'esprit national. En 1871 le type n'a
pas atteint encore à son complet rayonnement,
il est dur et gauche comme contours, et, chose
singulière, surtout après les campagnes militaires
de 1870-1871, il apparaît toujours en civil, bou-
tonné dans une redingote de bon propriétaire.
C'est un banquier, un haut fonctionnaire, un
diplomate, voire même un vieil employé retraité;
ce n'est pas le Bismarck populaire au delà des
mers.

Mais voici les affaires religieuses, la question des
« noirs » suivant l'expression employée à Berlin
pour dénommer les catholiques, et alors, le personnage se dessine sous l'uniforme qu'il ne quittera
plus, désormais. Quand on l'a bien montré recevant

---

(1). Le *Kladderadatsch*, quoique libéral, s'était d'emblée,
prononcé pour Bismarck. Une caricature du *Figaro* en 1866,
le montre proposant ses services au Roi et à M. de Bismarck
comme Garibaldi allemand.

l'argent de la France — les milliards ont joué un grand rôle dans ces petites vignettes — on le transforme en chevalier bardé de fer rompant des lances contre tous les suppôts du catholicisme. Et les

A chacun selon sa tête.

Casquette légère pour les jours de fêtes.

(*Kladderadatsch*, 9 juillet 1871).

grandes discussions du Reichstag lui donnent cette auréole qui, désormais, s'attachera à tous ses pas. La figure actuelle est la résultante de ces deux événements : la guerre de 1870, la lutte contre Rome.

La lutte contre Rome; il faut connaître l'esprit

des pays protestants, de l'Allemagne luthérienne particulièrement, pour comprendre l'enthousiasme qu'elle fit naître dans le Nord. Depuis des siècles, il est deux rêves que l'Allemand cherche à réaliser *per fas et nefas* : l'unité politique, l'unité religieuse. La première, c'est généralement contre la France qu'elle se fait ; la seconde, dirigée contre Rome, offre ceci de dangereux, qu'elle s'attaque à la religion des États du Sud qui veulent bien, par lassitude, se laisser « prussifier » politiquement, mais qui n'entendent pas être « prussifiés » jusque dans leurs convictions les plus intimes.

Or le Nord se méfie toujours du Sud ; Berlin n'a jamais eu et n'aura jamais qu'une sympathie très relative pour Munich. Tout n'est-il pas à craindre de la Bavière catholique ? Ceci ressort clairement d'une caricature publiée en 1871 par le *Kladderadatsch :* « Contre les Noirs ». Sur le bouclier de la « Germanie catholique, » figure le coq gaulois et se lisent les mots : *Gallia Nostra Spes.*

Dans les traits du crayon, dans les tailles du burin, se retrouvent je ne sais quelle saveur, je ne sais quelle âpreté qui rappellent les feuilles volantes du XVIe siècle, ces feuilles, armes de combat et de conviction, qui, partout, allaient semer la haine et jeter le ridicule. Rien n'y manque : pas même

Par suite de la suppression de l'indigénat des jésuites en Allemagne,
les bons pères vont se trouver dans une singulière situation.

(*Kladderadatsch*, 30 juin 1872.)

M. de Bismarck regardant passer les candidats aux
élections du Reichstag.

. (*Kladderadatsch*, 1881).

Luther. Et, lui aussi, le Luther actuel est joyeux,

et, lui aussi, il a eu ses « propos de table » (1). Il
est prince, grand-chancelier, il s'appelle : Bismarck.

Les coups partent de Berlin : *Kladderadatsch*,
Ulk, *Wespen*, toutes les feuilles caricaturales frap-
pent d'estoc et de taille. Pendant dix ans le sujet
Rome fournit des compositions au dessinateur
Wilhelm Scholz. Mais subitement, un bruit circule,
un cri se fait entendre, cri de guerre d'un âge héroïque « Canossa ! » Les crayons se taillent à nouveau,
les burins creusent les bois et, de rage, s'y enfon-
cent, tandis que les artistes épris d'humour exécu-
tent des petites histoires moyenâgeuses pleines
de brio et de couleur locale. Telles les gentilles
enluminures publiées par Carl Gehrts dans le
Schalk de Leipzig (1878). Et Bismarck qui, malgré
la gravité des événements, n'a point perdu ses
trois cheveux, déclare : « Nous n'irons pas à
Canossa ! » Casque en tête, l'air d'un pompier
anglais, il patine sur la glace avec le très Saint-Père.
Toutefois *Schalk* a raison, c'est le Dieu Janus :
bien malin celui qui connaîtra le dénouement.

(1). Voir le volume publié sous ce titre par Moritz Busch,
ex-secrétaire, et à nouveau, actuellement, secrétaire de
M. de Bismarck.

N'allons pas jusqu'a Rome et, si vous le voulez, restons à Berlin.

Tête nue, le crâne dénudé, si bien qu'il arrive

A Canossa.

Histoire en images de Carl Gehrts (*Schalk*, 7 novembre 1878).

‹ L'empereur a très judicieusement décidé qu'il ne fallait pas aller à
Canossa. C'est pourquoi l'on a fait la chanson : « Non! nous n'irons
pas à Canossa! ›

quelquefois aux amoureux, de prendre, la nuit,
cette « boule teutonique » pour une lune aux
rayonnements d'ivoire, ou bien la tête couverte de

la haute casquette d'officier, M. de Bismarck apparaît à chaque page du *Kladderadatsch*.

Les trois cheveux, c'est un talisman, c'est un baromètre, que dis-je? le baromètre de la diplomatie européenne, indispensable à toutes les chancelleries. La paix ne tient pas à un cheveu, mais aux

Beau temps.   Temps incertain.   Orage.

Les trois cheveux du grand chancelier.

(*Kladderadatsch*, 1881).

trois cheveux de M. de Bismarck. Qu'il pleuve, qu'il vente ou qu'il grêle, il sera toujours bon de voir ce qu'ils disent. Et c'est pour cela que le peintre Constantin de Grimm a dessiné le thermomètre du parfait bismarkien. Quand l'orage va gronder les cheveux, épanouis aux heures de beau temps, se rejoignent et prennent l'attitude menaçante de la pointe du casque. En ce cas, braves gens, rentrez chez vous, si point ne voulez être mouillés.

Bismarck-Janus, le sphinx à deux visages, n'a pas seulement trois cheveux il a trois couleurs : cet hérétique est un vulgaire trinitaire. Noir, gris, ou blanc, suivant le parti du Reichstag auquel il

En patins, sous un ciel d'hiver, glissent sur la glace le Romain et le rude Germain. Oh, si seulement nous pouvions savoir, ce que personne hélas ! ne sait, lequel des deux tombera l'autre sur la glace.

Calendrier du *Schalk.*
(1887.)

s'adresse, suivant qu'il a les bras ramenés sur le corps, pendants et les mains ouvertes, ou les mains derrière le dos. Car il n'a pas que Canossa pour lui créer des difficultés : le Reichstag n'est-il pas là, enfant terrible qui prétend avoir des volon-

tés — comme si une volonté pouvait se faire jour
aux côtés de la sienne ! — Et le Reichstag combat
l'augmentation de l'effectif militaire, et il ne veut
pas — c'est là surtout ce qui le chagrine — lui
voter ses projets de loi économiques, l'impôt sur
le tabac et sur les alcools, qui permettrait enfin
d'équilibrer le budget, ce budget qu'il faut chaque
année présenter, discuter, arracher article par
article. Ces préoccupations financières sans cesse
sont traduites en images, par le crayon de Scholz.
Bismarck apparaît avec la même persistance que
« M. Vieux Bois changeant de chemise, » la pipe
à la bouche, les coudes sur la table, absorbé dans
ses graves méditations, plongé dans des lectures
budgétaires. *Embarras de richesse*, a soin de
nous dire le dessinateur du *Kladderadatsch*,
qui, pour ne laisser en notre esprit aucun doute
sur le sens réel de cet excédent de recettes, ajoute
immédiatement : *Qu'allons-nous faire de tout
cet argent, et d'abord, où le prendrons-nous ?*
Ne vous semble-t-il point que ce *Robert-bisma-
ckérisme* a une saveur toute spéciale ?

Feuilletez les pages, d'année en année. Ici, il est
en écuyer de cirque jonglant avec ses ministres et
ses portefeuilles ; là, il se tient sur la porte d'une

boutique à l'enseigne significative : *Bazar du Parlement*, montrant à sa devanture tout un stock de
lois rejetées par le Reichstag; autre part, il lance
son bouledogue contre les récalcitrants.

Mais ces vignettes, quelque amusantes qu'elles

M. de Bismarck dans ses diverses attitudes.
(*Kladderadatsch*, 1881).

soient, ne sont encore que l'annotation graphique,
au jour le jour, des événements politiques, suivant un procédé partout en honneur. Le vrai Bismarck, au point de vue intime, c'est dans les
scènes vécues, dans les compositions qui jouent à
la page d'album qu'il faut aller le chercher. Voyez-
le, sur cette feuille, où, nouveau Jean qui pleure
et Jean qui rit, il passe à cheval, sous les Tilleuls,

comme le plus vulgaire « député équestre », comme
un simple officier à la suite, où il paye bour-
geoisement sa cote d'impositions, où il tend
sa casquette, avec déférence, pour que ces messieurs du Reichstag veuillent bien y faire pleuvoir
les gros sous, où il tient en main un de ces bons
poulets que lui envoient ses admirateurs, très par-
tisans des paiements en nature, où, tout guilleret,
il danse un petit rigodon avec son « bon ami »
Richter, un libéral qui le taquine juste assez pour
amuser la galerie, où il suit, pédestrement, la bière
qui emporte ses projets de loi... jusqu'à la pro-
chaine session.

Et le voici chez lui, ayant toute une cour de gens
qui l'enserrent et le complimentent et l'admirent.
Lui, bon enfant, veut bien se laisser faire ; même
il sourit lorsqu'on se hisse jusqu'à lui. Pour un
peu, il se baisserait afin d'éviter à son voisin des
torticolis. Il est grand, il est gros, de belle prestance, l'air juste assez rébarbatif pour en imposer
aux « roquets parlementaires. » Sa physionomie
exprime ce qu'il doit très certainement ressentir :
« Dites donc, après cela que je ne suis pas bon
garçon ? On peut me contempler, me parler, et je
ne mords pas. »

Tel est le Bismarck du *Kladderadatsch* parvenu à son apogée en 1880 ; tout sucre, tout bonhomme, tout rond, lançant à peine quelques traits de ci de là.

Une soirée chez M. de Bismarck.
(Kladderadatsch, 1881).

N'a-t-il pas eu son Septennat, n'a-t-il pas eu raison de toutes les oppositions, n'a-t-il pas pu décocher au pauvre Gaulois quelque flèche empoisonnée? Or que faut-il de plus à un chancelier qui a déjà absorbé le *Frühschoppen,* mangé du caviar, grignotté *Bretzel* ou *Kümmelbrœdchen* (petits pains saupoudrés de gros sel et de cumin) et qui va pouvoir terminer la journée avec une des légères « délicatesses » genre *Ochsenmaulsalad* (salade de museau de bœuf), à lui envoyées de tous les points du territoire, — cadeaux des fidèles Allemands à « leur Bismarck ». La réconciliation nationale par la bière et la charcuterie.

Et ne croyez point que ces caricatures bienveillantes soient le fait du *Kladderadatsch* seul. Non seulement les autres journaux imitent leur aîné, mais ils accentuent encore la note humoristique. Elle-même la satire est imbue d'une rare bienveillance. Si elle découpe Bismarck, ce n'est point pour le mettre en morceaux, mais bien pour montrer sa silhouette à la façon du célèbre « silhouettiste » Paul Konewcka, ou encore pour en faire un petit jeu à l'usage des familles, suivant l'idée que le dessinateur du *Ulk* contribua à populariser. De 1872 à 1885 on vit ainsi des découpages et des silhouettages, en noir sur blanc, en blanc sur noir, et des abat-jour, et des papiers à lettres, et des décalcomanies, et des gaufrages !

Ici toutes les péripéties de la politique locale, les affaires d'Arnim, Mommsen, Lasker, les conciliabules avec Virchow, avec Windhorst; là la grande politique. Cette dernière est surtout traduite en

La poste de l'Empire faisant son entrée à Varzin et apportant à Bismarck les cadeaux en nature qui lui arrivent de toutes les parties du pays.

Vignette de Daelen pour *Bismarck's Himmelfahrt*.

Vignette servant d'annonce au journal *Ulk* (*Le Hibou*).

images par un journal de création récente, les
Lustige Blætter (Feuilles joyeuses), journal de
grand format, à première page coloriée, qui avait
essayé d'implanter dans la capitale du nouvel Empire la note viennoise.

Les *Lustige Blætter* ont amusé tout Berlin
avec leurs grandes compositions lithographiques :
l'amour troublant la paix (affaire du mariage Battenberg avec la princesse Impériale), — les trois
parques de l'amitié, — les candidats au ministère
attendant patiemment l'apparition de Bismarck à
sa fenêtre, — le concert quelque peu dissonant,
des journaux officieux devant la maison du Chancelier dont le profil bien connu, aux trois cheveux
plantés droits comme clous, se détache en grisaille dans l'embrasure de la fenêtre ; ou encore
Bismarck affichant une défense d'entrer à l'égard
des mendiants et autres quémandeurs de portefeuilles. Quelle taille, quelles épaules, quelles
bottes ! Pour le coup, Pandore, tu es dégoté.

C'est bien là, avec une pointe de moquerie,
l'ancien étudiant tapageur aux énormes bottes à
canon, flanqué d'un bouledogue peu patient;
l'homme toujours fidèle aux souvenirs universi-
taires, conviant en son palais Radziwill à de gar-

Hausiren, Musiciren
und Portefeuille-
Betteln
verboten!

A FRIEDRICHSRUHE

Pour se mettre à l'abri des complots successifs dirigés contre sa tranquillité, le chancelier en est réduit à placarder lui-même une affiche. (L'affiche porte : « Entrée défendue aux colporteurs, musiciens et quémandeurs de portefeuilles ».)

D'après l'original en couleur. (*Lustige Blætter*, 30 août 1888.)

gantuesques « commers » modestement appelés
« réceptions parlementaires », fumant la pipe tradi-
tionnelle, et caressant « Tyras », l'impérial chancelier de la race canine ; l'homme que le journal

Bismarck « mis au froid » à Saint-Pétersbourg.
Vignette de Daelen pour *Bismarck's Himmelfahrt.*

Sur la bouteille dont le bouchon représente Bismarck, on lit : « Espri
de vérité », et sur les étoiles qui brillent au fond : « Unité, Justice, Fidé-
lité, Morale. » L'ancienne Confédération germanique, l'Autriche et la
Sainte-Alliance dansent autour du seau. Le personnage qui accourt
pour se joindre à la bande joyeuse est censé représenter la France,
ainsi que l'indique le mot « Fraternité » placé au-dessous de lui.

illustré *Ueber Land und Meer* nous a fait connaître en son intimité, par une suite d'amusants
croquis.

Et tandis que le journal popularise ainsi partout,
à travers les cafés, les cercles et les familles,

cette physionomie qui sera un jour, pour l'Allemagne, ce que fut jadis Napoléon pour la France,
les artistes, d'ordinaire peu sympathiques aux poli--
ticiens, introduisent « l'homme aux trois cheveux »
dans le livre comique et dans les publications destinées au cercle restreint de leurs sociétés, ces publications, autographiées la plupart du temps, qui
permettent à la fantaisie et à l'humour de se
donner libre cours. Bismarck leur apparaît comme
un joyeux qu'on peut joyeusement célébrer et
dessiner. A Berlin, à Dusseldorf, à Munich, ont eu
lieu ainsi d'amusantes incursions dans le domaine politique. En 1883 un peintre munichois,
Piglhein, exposait un tableau *Idylle* représentant
assis sur un banc au milieu d'un paysage solitaire
et pressés l'un contre l'autre un enfant et un chien
vus de dos. Tout aussitôt, ce fut une avalanche
de caricatures, parmi lesquelles Bismarck trouva
sa place : on le vit en conversation avec un ecclé-
siastique, ou ayant à ses côtés Tyras, ou encore
tenant entre les bras une immense chope de bière.
Jamais œuvre d'art n'avait pareillement prêté à
l'actualité.

A Munich, ce sont les feuilles autographiées de
la *Allotria*, toutes pleines d'une bouffonnerie de

LES PARQUES DE L'AMITIÉ

D'après P. Thumann.

Bismarck, Kalnocky et Crispi filant le parfait amour.

(*Lustige Blætter*).

Le peintre Lenbach (l'auteur du grand tableau officiel du Chancelier) exécutant des Bismarck, dans son atelier).

Caricature de Fritz-August Kaulbach, actuellement directeur de
l'Académie des Beaux-Arts de Munich, dans la *Allotria*, feuille autogra-
phiée de la société des Artistes, publiée lors de la fête de Bismarck.

Dans les vers humoristiques qui accompagnent cette amusante charge,
on lit : « C'est lui qui a peint Bismarck, ne peint-il pas tous les gros bon-
nets, et même le Saint-Père ! Mais comme il a compris le Chancelier —
je veux parler du portrait avec le chapeau mou et la cravate blanche
— ainsi il ne peint que dans ses moments d'inspiration. Le prince de
Bismarck « avec ses propres mains » était assis devant lui : cela se voit,
du reste... aux mains. Des yeux et de la bouche, il a pris mesure avec
le compas. Près de lui, se trouvait un photographe. Et maintenant, c'est
presque en dormant qu'il exécute la physionomie princière. C'est pourquoi je ne m'étonne nullement qu'il puisse livrer par centaines des portraits de Bismarck : de devant, de derrière, de trois-quarts, de tous
poils de toutes grandeurs, suivant les désirs du monsieur qui commande.

cabaret, et la *Lenbachiade*, un vrai poème épique,
récit des hauts faits du portraitiste Lenbach, allant
se faire couronner de lauriers à Berlin, tandis
qu'à ses côtés , Bismarck joue le rôle d'un premier ministre. Et le grand chancelier figure
jusque sur les Guignols, jusque dans les « images
vivantes », c'est-à-dire aux personnages mûs par
des articulations intérieures qui, là-bas, font bien
réellement la joie des enfants et la tranquillité
des parents.

A Düsseldorf où un éditeur, Félix Bagel, a inventé le « livre trouvé dans les fouilles » bizarres
imitations d'anciens parchemins tout rongés, le
volume *Er-Sie-Es* donne aux ministres égyptiens
Krinsab et Kamsib des mèches révélatrices qui pourraient laisser croire que la Sprée coule au pied des
Pyramides. Tenant à la fois la plume et le crayon,
le peintre Edouard Daelen, membre de cette
société artistique de Düsseldorf, connue sous le
nom de *Malkasten* (boîte à peindre, c'est-à-dire
boîte à couleurs), publie toute une « littérature bismarckienne ».

Il ne se contente pas de célébrer en vers comi-
miques et sous un titre calembourdier, sur lequel
brillent les « genial, kolonial, sozial » le soixante-

dizième anniversaire de la naissance du membre
d'honneur qui a nom : Prince de Bismarck ; il le
met en scène par l'image, dans sa « Grande chanson de la bière », trônant sur les tonneaux de la

Bismarck en lutteur de foire.

Vignette de Daelen pour *Bismarck's Himmelfahrt* (1883).

Sur la baraque se lisent différentes inscriptions, dont voici la traduction : « Le nouvel Atlas, le chêne de l'Allemagne, le plus grand homme
de la terre. — Ici on résout le conflit : la guerre comique des nains
contre le Géant. »

brasserie *Deutsche Union* ; il lui consacre même
des poèmes entiers. Le Chancelier, quoi qu'il ait pu
dire lui-même, à une certaine époque, est très

buveur de bière, il appartient à ces Germains qui ont horreur du vide dans les chopes. « Le boire n'est-il pas la source de la vie ? N'est-ce pas sous l'inspiration de la boisson que se créent les œuvres immortelles ? Ceci, Otto le reconnut d'emblée et, depuis, jamais, en sa vie, il n'oublia le boire. » Telle est, du moins, l'opinion du peintre Daelen

Bismarck buvant sa chope de Salvator (bière double).
Vignette de Daelen pour *Bismarck's Himmelfarth*.

dans une de ses « Bismarckiades » qui vont jusqu'à nous représenter, en vision, Bismarck montant aux cieux ; Bismarck que l'on peut suivre, dès le berceau, avec les trois premiers cheveux du moutard, destinés à devenir, par la suite, les derniers trois cheveux de l'homme mûr.

Et c'est ainsi que, dans tous les mondes, parmi tous les publics, se crée la légende d'un Bismarck demi-dieu, tenant à la fois d'Hercule et de Gambrinus, étonnant par ses hardiesses et ses

VIVE LE PÉTROLE ET LA LUMIÈRE ÉLECTRIQUE

L'architecte-décorateur Seidl préparant le feu d'artifice de la place Royale à Munich, pour la fête Bismarck.

Debout, le peintre Lenbach montrant Bismarck à la foule et tenant le pape attaché à sa ceinture.

Caricature de Fr. A. Kaulbach dans la *Allotria*.

fredaines, embrochant ses camarades à l'Université, rouant de coups le « vulgaire », ou, à la
brasserie, lançant sa chope à la figure des gens
qui lui déplaisent, et toujours mordant à belle
dents la saucisse rôtie.

Bismarck lançant au nez de l'Autriche une fumée
d'un genre particulier.

Vignette de Daelen pour *Von der Wurschtigkeit* (1883).

Que « Lui » le « Grand » ait été, un jour, petit,
qui voudrait jamais le croire ? — s'écrie le peintre
Daelen, en son enthousiasme.

Qui expliquera, dirai-je à mon tour, comment
ce hobereau à la morgue prussienne, est devenu
la vivante incarnation de la race la plus double,
la plus contradictoire qui soit au monde, à la fois
barbare et guerrière, pleine d'humour et de senti-

mentalité, tout imprégnée encore d'habitudes moyen âge et cependant très ouverte aux idées modernes.

Don Juan refusant sa cotisation pour un monument au Commandeur.

(*Kladderadatsch*, 13 avril 1890.)

Don Juan c'est Eugène Richter.

Et maintenant, le voilà tombé celui que Daelen aimait à nous représenter entre Hermann et Luther, le « Faust du dix-neuvième siècle », « Otto le grand enchanteur », le « nouveau Siegfried », celui dont la figure a été popularisée par tant de contes et d'images.

Parce qu'il n'est pas absolument certain que le Commandeur ne revienne quelque jour.

(*Kladderadatsch*, 13 avril 1890).

Don Juan c'est Eugène Richter.

Que disent les caricatures ?

De ces images, — gravures sur bois ou lithographies coloriées — que se dégage-t-il ? Est-ce une impression de contentement, sont-ce des vignettes de condoléance ?

Même en feuilletant le *Kladderadatsch*, qui, depuis trois ou quatre ans, s'est bien modernisé d'allure, de procédé, qui a fait faire un pas considérable à la caricature politique, il est très difficile de dégager le véritable sentiment qui se cache sous cet extérieur humoristique.

Il n'y a pas longtemps, l'observatoire politique du *Kladderadatsch* était encore au beau fixe : tout reposait dans l'ordre, à l'ombre du casque prussien, et « le veilleur » travaillait paisiblement dans son cabinet, compulsant livres sur livres. L'éclipse avait bien été annoncée, observée même par tous les télescopes des journaux, mais rien ne la faisait prévoir aussi complète.

Admirez ici cette caricature qui se contente de sourire, qui prend gaiement la chose, qui consacre à la retraite de celui qui fut tout des petites vignettes amusantes. Il semble que l'âpreté des luttes d'autrefois ait disparu, que le calme se soit fait dans les esprits.

La caricature politique du *Kladderadatsch* tend désormais à devenir quelque chose comme la caricature de mœurs des *Fliegende Blætter*, cette

merveille des merveilles au point de vue graphique.

« Enfin le pauvre vieux chancelier a obtenu un
repos bien mérité ! » telle est la note dominante.
Et Bamberger désormais pourra se livrer paisible-

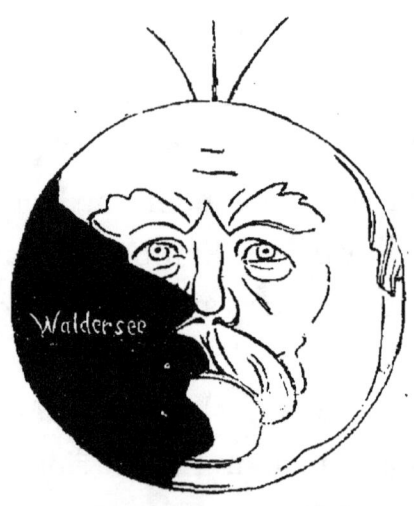

Éclipse partielle de lune.
(*Kladderadatsch*, 1890.)

ment au culte du Veau d'Or, et Eugène Richter
pourra jouer au soldat avec une des terribles bottes
de l'ogre défunt. Chose caractéristique : ses trois
cheveux historiques ont disparu. Maintenant qu'il
a quitté la scène du monde, le crâne est entièrement chauve.

Votez-lui des remerciments, souscrivez pour sa

statue. Il s'est retiré sous sa tente, et en loyal serviteur de son Roi, de son Empereur, n'apparaî-
tra à nouveau sur la scène politique, disent ses
fidèles, que si l'on vient le chercher.

Souscrire pour sa statue ? Oui, mais Eugène n'a
pas confiance, lui ! Il sait que petit bonhomme a la
vie dure. Et s'il allait réapparaître, si, descendant
de son cheval pour répondre à l'appel de quelque
Paulus berlinois, il allait à nouveau entrer dans
l'arène, si on allait revoir les trois cheveux !

Sans haine comme sans enthousiasme, la caricature s'amuse à enregistrer tout cela. Fait singulier,
mais bien prussien, indice de cet esprit de hiérarchie qui est le propre de la race, elle ne voit plus
dans le Chancelier qu'un fonctionnaire prenant sa
retraite. La légende, c'est à Vienne qu'elle va se
créer.

VII

M. DE BISMARCK CARICATURÉ PAR LES VIENNOIS

Le type créé par le *Figaro* depuis 1870. — Un Bismarck
humoristique avec sa pipe et son chien. — Le Bismarck
réactionnaire manœuvrant le knout. — Le Bismarck
populaire du *Kikeriki*. — Bismarck et le monopole du
tabac. — Les caricatures du *Floh* et des *Humoristiche
Blætter*. — Les « non-galanteries » de Herbert de Bismarck. — Le Bismarck de l'avenir.

Si l'on parcourt le *Figaro* des années 1870 et
1871, on est surpris d'y retrouver le type du Bismarck inauguré en 1862, à la tête en pain de sucre.
Du reste, presque toujours aux côtés du nouvel
empereur, il n'a pas encore absorbé les préoccupations des dessinateurs. Mais bientôt le type actuel
créé, dessiné par Juch (1), se dégage de toutes
les illustrations qui l'environnent : comme aspect

(1) Principal dessinateur du *Figaro* et professeur à l'Académie des Beaux-Arts de Vienne.

il est moins dur, moins raide que le Bismarck du
Kladderadatsch; l'expression est sarcastique, l'œil
fin, la bouche sans le sourire méchant; comme physionomie il est à peine chargé. La caricature, ici, ne
consiste pas à altérer, à grossir les traits du visage,
elle se résume dans la série des travestissements
qu'on lui fait revêtir : tantôt en pâtissier ou en marchand de denrées coloniales; tantôt en pèlerin ou en
Marguerite, ce qui ne l'empêche pas, toutefois,
d'apparaître sans déguisement de circonstance,
sous son uniforme habituel, comme dans cette
belle composition qui le représente, après une
séance orageuse au Parlement, s'écriant : « Je *resterai* tant qu'il me *restera* un cheveu (1). » Et il le
tient, ce dernier cheveu, avec la certitude qu'il ne
lui fera point encore défaut. C'est crâne.... dénudé
dirait-on au *Tintamarre*.

S'il n'est pas un personnage nouveau, le Bismarck qui va se présenter à nous se trouve, lui et
son entourage, traité avec une liberté d'allures
que ne connaît point Berlin, mais cette liberté a en
vue le choix des sujets bien plus que la politique
même du chancelier. A parcourir le *Figaro* et les

(1) Voir la gravure de la page 41.

A présent, je goûterais bien un peu du voyage à Canossa s'ils me laissaient seulement tirer mon eau-de-vie, mais les pendards ne veulent plus.

(*Figaro*, 20 mars 1836.)

Allusion aux ouvertures faites par M. de Bismarck aux cléricaux pour arriver à son fameux impôt sur les eaux-de-vie.

nombreux journaux à caricatures de Vienne, on
ne dirait pas être dans le pays qui a été violem-

Entre Berlin et Munich.

Là ! c'est très gentil d'être fidèle à l'Empire. Mais il ne faudrait
pas, maintenant que je suis bien avec le pape, venir troubler notre
pacifique culture (nos bons rapports) — *Kulturfriede*, par opposition à
Kulturkampf, nom donné, on le sait, à la lutte contre Rome.

(*Figaro*, 10 juillet 1866.)

La petite poupée que Bismarck porte au cou représente le pape.
Derrière lui est « Tyras » le chien de l'Empire. Le paysan personnifie la
Bavière.

ment expulsé de l'Allemagne par ce même Bismarck : du moins tout esprit de rancune, tout
souvenir désagréable de 1866 paraît avoir disparu.

On s'est bien un peu moqué, après 1871, des entrées triomphales, des lauriers cueillis, mais depuis, soit qu'on craigne la censure qui, de temps à autre, pratique des rafles, soit qu'on se soit définitivement accoutumé au nouvel état de choses, la note générale est humoristique.

Il n'y a plus entre Vienne et Berlin qu'une question de tempérament, de sensation, de point de vue, et surtout de sentiment artistique, avec cette différence, cependant, que la cité des bords du Danube met dans ses compositions un caractère cosmopolite que ne possède pas Berlin.

Le Bismarck de Juch, en sa longue redingote militaire, ne se montre pas sans sa pipe et sans son chien. La pipe a des longueurs de canne à pêche, et « Tyras », en chien qui se sait beau et important, tient sur les images une place qu'on pourrait trouver excessive, si sa patte, si ses crocs ne rappelaient à ceux tentés de l'oublier, qu'il n'est point là comme objet de luxe, simplement pour animer le paysage. Brave chien, qui, aux côtés de son maître, met le museau à la fenêtre pour voir passer les gens, et sait comment il faut accueillir un chacun; chien diplomatique qui assiste aux conciliabules souverains, chien de

NOIRS HÔTES

Portier (Bismarck et son chien). — Eh bien! qu'est-ce qui vous arrive? Vit-on jamais pareille tournure! Revenez lorsque nous serons un peu plus « noirs. »

(*Figaro*, 4 septembre 1886.)

« Noirs » nom donné en Prusse aux jésuites et, en général, à tous les cléricaux.

chancelier qui va recevoir « Unser Kaiser »;
chien de l'empire allemand, qui, vivant, a pris
place à toutes les vitrines, comme un personnage
de marque.

Coloniecordial.

Bismarck, au jeune fusilier poméranien, á l'énorme ossature. — Eh
bien! jeune homme, pas un peu d'Afrique? C'est là que devraient faire
leurs preuves les commis et les jeunes apprentis.

(*Figaro*, 9 février 1889).

Allusion aux projets coloniaux de M. de Bismarck.

Véritable *Deus ex machina*, Bismarck, pour le
dessinateur viennois, éclipse bientôt l'empereur.
Qu'il soit au premier plan ou qu'il manœuvre
derrière la coulisse, partout où le crayon de Juch

illustre un incident de la politique européenne, il
trône en *Feldjæger* poméranien, en ce costume
historique et bientôt légendaire. S'il quitte la pipe,
c'est pour prendre le fusil, à moins que, étendu de
tout son long sur le territoire allemand, il ne tienne
en respect, les étreignant de son mieux, d'une
main le coq gaulois, de l'autre, l'ours du Nord.

S'il lui arrive de faire avec l'Autriche la courte
échelle au Russe, ce n'est point chez lui habitude
invétérée : plus souvent, il montre le poing à ce
dernier, et même ne craint pas de lui jouer quelque bon tour, comme de lui verser sur la tête des
sacs de farine, tandis que, d'autres fois, il le réduit
à l'état de pantin dont il tire les ficelles à volonté.

Si la France paraît en scène, l'Italie n'est pas
loin. Bismarck qui sourit malicieusement, en voyant
ce dont il retourne, a l'air, de se trouver là par
hasard, et fume sa pipe comme le dernier des
indifférents. Quelquefois nos hommes d'État apparaissent eux aussi, mais de préférence dans les
petites vignettes au moyen desquelles Juch résume
les événements d'un trimestre. Quand je dis :
« nos », c'est Gambetta et Boulanger qu'il faut
lire. Et autant de Gambetta autant de Bismarck.
En pareil cas, le Chancelier fait la roue : les che-

Bismarck. — Sapristi ! je ne pensais pas que cela dût avoir pareilles conséquences !
Les ordres religieux. — Peu importe, si grâce à cela nous pouvons rentrer.

(*Figaro,* 5 mars 1887)

Allusion aux élections pour le Reichstag. De l'urne sortent les socialistes et les candidats de la protes-
tation. Les cléricaux rentrent par l'ouverture que leur fait Bismarck en les engageant à voter son
Septennat.

veux protestent bien un peu, mais l'homme paraît trouver particulièrement douces les cajoleries de l'ennemi héréditaire.

Avec les hommes d'État autrichiens, Beust, Andrassy, Kalnocky, il est tout miel; avec les

Gambetta, à Cahors, cherchant à se faire bien venir de Bismarck, lui prodigue l'encens.

(*Figaro*, 18 juin 1881.

hommes d'État italiens, il prend son air d'importance et fait sentir à Crispi combien il est heureux qu'il soit là, lui, le ministre indispensable, « le tailleur des Cours, » pour coudre des pièces à sa veste.

Subitement, cette face épanouie se rembrunit, le petit œil, si fin, lance des éclairs, le personnage, tassé, a pris de l'embonpoint; pipe et chien ont disparu. En revanche, les mains, posées derrière le dos, tiennent un fouet, un fouet de propriétaire-

terrier ayant ses nègres ou ses paysans attachés à
la glèbe. Ici, il attire les socialistes avec du sucre,
puis leur cingle les jambes ; là — et ceci est tout
un poème — il s'écrie : « Si je pouvais aussi bien

Au Parlement de l'Allemagne du Nord.

(*Figaro*, 5 mars 1870.)

que je veux ! » Et devant lui se tient, tout honteux,
comme un gamin pris en flagrant délit, Michel, le
Jacques Bonhomme allemand, ayant en main une
immense urne électorale.

Mais qu'est-ce encore ? Le voici dans une nouvelle
attitude, humble, pieds nus, un cierge en main,
ou bien pèlerin coquillard, sentant la corde et

prêt à jouer du bâton. C'est la comédie de Canossa
qui, à Vienne comme à Berlin, a fourni maints
sujets aux dessinateurs. Il sera tout miel avec les
« noirs » et les « Papegaux ». Et, ici, ce n'est plus

De nouveau, les voici tous les deux si étroitement unis, qu'on
peut craindre de les voir s'étouffer.

(*Figaro*, 12 mars 1881.)

Allusion au rapprochement opéré alors entre Bismarck et le pape.

la Prusse hérétique qui s'amuse aux dépens de
Rome. Non! ces caricatures, pleines d'une douce
satire, partent de la très catholique Autriche dont
la censure me semble plus libérale que ne le fut
notre magistrature sous le mac-mahonnat.

Puis, qu'il se présente quelque incident pom-
peux, prêtant par sa solennité même au ridicule,
comme la fameuse déclaration à la tribune du
Reichstag, en février 1888 : « Nous autres Alle-

M. de Bismarck prononçant à la tribune du Reichstag ses
fameuses paroles : « Nous autres, Allemands, nous craignons
Dieu et personne autre sur terre. »

(*Figaro*, 7 avril 1887).

L'ange de la paix et le dieu de la guerre restent stupéfaits en entendant une pareille déclaration.

mands, craignons Dieu, rien autre en ce monde »,
et, tout aussitôt, les feuilles caricaturales se cou-
vrent d'inscriptions du même genre, ou montrent
le profond ahurissement des guerriers antiques à
l'audition de pareilles calembredaines. La façon,
du reste, dont Juch sait animer les groupes et les

Frédéric. — Voyons, Otto, vous voulez donc nous quitter définitivement.

Otto. — Il y a trop de femmes à la clef.

(*Figaro*, 21 avril 1887.)

Allusion à l'avènement de Frédéric III. Le nouvel empereur vient d'enlever l'enseigne : « A Augusta » et est en train d'en poser une nouvelle : « Aux trois Victoria ». Les trois femmes assises au comptoir du café sont la reine d'Angleterre, l'impératrice mère et la jeune impératrice.

figures sculpturales n'est pas un des moindres attraits de ces belles compositions.

Certes, à côté de ces dessins, véritables peintures humoristiques, apportant l'observation phi-

La situation politique en Allemagne.

L'événement du jour consiste en cela que le prince de Bismarck s'est arraché les cheveux.

(*Kikeriki*, 27 novembre 1881).

Vignette faisant allusion aux résultats des élections pour le Reichstag.

losophique aux mille et un faits de la politique quotidienne, les petites vignettes du *Kikeriki* peuvent paraître fades et banales, mais ce reportage graphique a, lui aussi, son intérêt, car il nous montre Bismarck étudié par des crayons différents.

Dans la légende triomphe souvent le calembour — on nous le montre sur un vapeur, naviguant vers le « mono-pôle » (alcool et tabac) — et les trois cheveux n'ont point quitté le champ d'ivoire où ils semblent trois crins de brosse; on les voit même poindre au-dessus de toutes les coiffures, calotte, casque, bicorne, jusqu'au jour où, furieux des résistances du Reichstag, le ministre se les arrache, sans crainte de se faire au crâne trois trous profonds. Et ils gisent là, sur la table, prêts à susciter, peut-être, quelque nouvel incident diplomatique. Bonnes gens, pleurez, pleurez sur le sort du Cadet Roussel germanique.

A son comptoir, vendant ses paquets de cigares, dit « trois socialistes », il est vraiment comique. Quand on veut du monopole on n'en saurait trop prendre et n'est-ce pas le meilleur moyen de voir s'en aller en fumée et ses ennemis et ses projets de réformes? C'est égal! Bismarck vendant des cigares socialistes, il faut la caricature pour infliger aux pécheurs de telles punitions.

Mais, dans ce fonctionnaire toujours en rage, dans ce bon pipelet retiré, qui, d'autres fois, aura des attitudes de reître en goguette, ne cherchez plus la ressemblance, ou, du moins, contentez-vous

DANS LA CAVE DE L'EMPIRE

Michel (le paysan allemand). — Au nom du ciel! N'est-ce pas assez du caviar russe et des sardines françaises? Qu'est-ce qui nous parfume encore comme cela?

Bismarck. — Ne faites donc pas tant le difficile avec les comestibles. Un peu de vieux fromage suisse, tout simplement.

(*Figaro*, 22 juin 1889).

Caricature faisant allusion aux démêlés avec la Suisse (affaire Wohlgemuth).

Bismarck — comme toujours original — en qualité de déposi-
taire de tabac monopolisé, ne tiendra que des spécialités. Au
lieu des paquets de tabac « Trois-Rois », il débitera des
« Trois-Socialistes. »

(Kikeriki, 21 mai 1882.)

Sur les boîtes qui garnissent le fond du magasin, on lit: « Lassallos
longs » (Lassalle, on le sait, est un des chefs du socialisme allemand).
» Associellar fins », « Anti-Capitalia », « Communos ». « Populæras », etc...

d'une ressemblance approximative. Là où Juch a mis à nu l'enveloppe extérieure et la pensée d'un homme il ne faut plus considérer qu'une amusante marionnette du théâtre politique.

Les rhumatismes du prince de Bismarck.

Kikeriki. — Excellence, qu'avez-vous donc?
Bismarck. — Le rhumatisme aux deux bras.
Kikeriki. — Voyez-vous, cela vient des armements considérables de la Russie.

(*Kikeriki*, 26 mars 1882.)

Le texte allemand a ici un jeu de mots qui disparaît complètement à la traduction française, au sujet de bras qui se dit : *Arme* et de armements : *Umarme*.

Kikeriki! En avant, le « keri » de guerre viennois.

Du reste, en grandes compositions dans le *Figaro*, en petites images dans le *Kikeriki*, Bis-

marck apparaît sur les autres journaux à page coloriée — *Humoristische Blætter, Floh, Wiener
Wespen,* — sous la forme du portrait-charge et
presque toujours aux côtés d'un second personnage. Une idée lumineuse c'est celle du *Floh,* le

Situations différentes.

Autrefois : En garde au Rhin. Aujourd'hui : De garde au Vatican.
(*Kikeriki*, 9 octobre 1881.)

transformant en phonographe Edison, faisant de
lui le « phonographe européen ». Depuis Thiers
jusqu'à Crispi, tous les ministres lui ont fourni des
partenaires. Et il ne quitte point son petit air far-
ceur, et il semble qu'il soit uniquement préoccupé
de la pensée de jouer quelque bon tour, de s'es-
clafer aux dépens du prochain. L'impression qui se

A FRIEDRICHSRUHE

Bismarck. — Je veux vous donner un conseil au sujet des réformes en Russie. C'est bien simple : Accordez la liberté comme en Prusse. Eh bien ? Que dites-vous de cela ?

Le Czar. — Idée géniale.

(*Humoristische Blætter,* 2 mars 1884)

dégage de ces images est double. On rit, en le voyant ainsi travesti, et lui semble rire des autres, « pour ce que le rire est chose naturelle aux esprits supé-

Dans l'atelier du chancelier.

Bismarck. — Je vais peindre gris sur gris, et l'affiche pour le monopole du tabac produira son effet.

Bismarck. — Ajouter maintenant un peu d'huile socialiste, et éclairer le tableau de telle façon que cela leur saute en noir devant les yeux.

Le Juif. — Excellence, je ne puis rien faire de ce chef-d'œuvre de grisaille, mais s'il vous reste encore un peu d' « huile socialiste », je vous l'achète comme curiosité historique.

(*Humoristiche Blætter*, 18 juin 1882).

rieurs ». Aucune de ses palinodies n'échappe du reste au crayon vigilant du *Kikeriki*. C'est à propos de ses multiples incarnations que feu Berg a pu écrire (1) : « La vie de Bismarck a été une garde

(1) Auteur dramatique, directeur du *Kikeriki*, décoré de la Légion d'honneur pour ses sympathies françaises.

perpétuelle. On apprendra quelque jour qu'il est
devenu le chien de garde de son chien... de
garde. »

Après l'adoption du monopole du tabac : le plan Bismarck.

Sentez maintenant pourquoi je soutiens le monopole. Avec un pareil
cigare monopolisé, je rends le parlementarisme impossible en Allemagne.

(*Der Floh*, — *La Puce* — 18 décembre 1881.)

Dans ces illustrations des journaux viennois,
une chose me frappe : la persistance à toujours revenir sur la régie du tabac. Il est vrai que Bismarck lui-même y revint en de nombreuses occa-
sions, ainsi que sur le monopole des alcools ; mais

CE QUI SE PASSE A BERLIN

Bismarck, à l'ange de la paix : « Bon pour la cavalerie ! »

(*Kikeriki*, 21 décembre 1882.)

de ce dernier il est peu question. Tout l'esprit comique — qu'il s'agisse du *Kikeriki*, des *Humoristische Blætter*, du *Floh* — se reporte sur

J'avais dit : « Si le monopole du tabac passe, je veux être pendu. » Pour m'éviter ce malheur, ces braves députés ont rejeté le projet de loi. Les imbéciles ! C'est comme cela que je voulais être pendu.

(*Humoristische Blætter*, 1882.)

le tabac. On sent que là était le rêve dont la réalisation tenait le plus au cœur du Chancelier. C'est qu'il eût fait si bien sur les belles réclames des cigares dont Hambourg et Brême inondent certains pays ! qu'il eût avec tant de plaisir enfumé son bon ami *Eugen* (Eugène Richter) ! Enfumer le par-

lementarisme comme on enfume la salle d'une vulgaire tabagie, quelle bonne farce ! et comme cela
rappelle bien les hauts faits du Grand-Électeur ! En
regardant ces vignettes, on se prend à songer aux
célèbres séances du « Collége du Tabac », et l'on
appelle de tous ses vœux la fumée des combats,
fût-on l'homme le plus pacifique de la terre.

« Petits ! petits ! venez, j'ai du bon tabac dans...
ma gibecière », crie Bismarck sur tous les tons ; et
Michel (le paysan allemand) insensible à ses avances, lui répond : « Non, non, non. Avec toi plus de
havanes, plus de régalias, plus de puros, rien que
des *Bismarckos* et des *Culturos* » (à propos du
Kulturkampf).

Centralisation militaire, tant qu'on voudra,
mais au moins la liberté du cigare.

Vienne, ville de plaisirs, Vienne, qui a, dans ses
environs, un Baden où l'on ne vient pas précisé-
ment pour passer le restant de ses jours dans la
retraite, devait également s'occuper d'un des hôtes
habituels de ce lieu paradisiaque, — hôte tenant de
près au Chancelier, — le jeune comte Herbert de
Bismarck, dont les frasques amoureuses firent jadis
quelque bruit.

Fut-il plus amoureux que galant, je l'ignore,

mais *Figaro*, lui, n'a pas hésité à le placer à la
tête d'un commerce de choses « non galantes » et
à opposer ainsi au classique *Galanterie-Hand-
lung* des Allemands la *Ungalanterie-Hand-*

Il commence petitement le jeune homme, mais d'une
façon gentille.

(*Figaro*, 1887.)

lung de la satire. On n'a pas pour rien l'esprit
viennois.

C'est, du reste, aux journaux de la cité du Danube qu'il faut s'adresser si l'on veut voir le père
et le fils prendre place ensemble dans l'image.
Rarement les caricaturistes allemands se sont occu-

pés de Herbert. Ils ont laissé aux Viennois l'homme
privé, et l'homme politique, lui, n'est guère apparu
que lors de l'affaire des îles Samoa. Cependant,
en ces derniers temps, et sous Frédéric III, lorsque
les bruits de retraite commencèrent à circuler, les
crayons berlinois se plurent, avec une certaine in-
sistance, à montrer les deux personnages jouant
du même instrument. Il semble qu'ils aient ainsi
cherché à traduire les incertitudes de l'avenir et
à habituer la foule à cette sorte d'hérédité bismarckienne.

Et, maintenant, comme à Berlin, nombre de
journaux viennois se demandent ce que va faire
M. de Bismarck. Les *Humoristiche Blætter* qui
le représentent entrant au Reichstag en député socialiste, posent le point d'interrogation suivant :
« Placé sur Jupiter, prendra-t-il la direction des
affaires d'en-haut, sera-t-il chancelier des colonies
allemandes, se livrera-t-il aux douceurs de la politique agraire? » Non, il se contentera d'écrire des
mémoires sur l'ingratitude humaine. Le *Floh*
nous le montre songeur devant l'image de Charles-
Quint à Saint-Just.

Mais toujours l'idée d'un Bismarck omnipotent,
omniscience, être supérieur, voulant bien com-

primer les autres, mais n'entendant pas être com-
primé à son tour, — ainsi le montre le *Floh* en de
joyeuses petites vignettes, — se dégage de ces
grandes compositions humoristiques. Un dessin :
Dans les bureaux de la chancellerie allemande,
est particulièrement significatif. Bismarck — un
violon sous le bras — et Caprivi sont devant un
orgue auquel l'ex-Chancelier adapte un rouleau
portant : *Symphonie pacifique.* Comme légende
on lit :

« *Bismarck.* — Mon bon Caprivi, pour le concert européen vous avez, après moi, un jeu facile :
tournez simplement la manivelle.

» *Caprivi.* — Mais ce n'est point là un art :
laissez-moi donc votre instrument.

» *Bismarck.* — Le premier violon ! Mon petit
ami, moi seul puis en jouer. »

Ainsi, qu'elle le raille ou qu'elle le porte aux
nues, la caricature viennoise ne cesse, en ses multiples images, d'exprimer l'idée de grandeur et de
supériorité.

Il y a un Dieu : Bismarck, et Caprivi n'est point
son prophète ; Caprivi qui, lui aussi, aura son jour
de retraite, puisque pour traduire le moins mal
possible un jeu de mots du *Floh,* cette fonction

Ka (kaiserlich, impériale) *privilegirt* (privilégiée)
est à K<small>A</small> — <small>PRIVI</small> léguée.

Oh ! l'esprit viennois !
O du Wiener Witz !

VIII

M. DE BISMARCK ET LA CARICATURE FRANÇAISE
1867-1890

Les premiers portraits-charge de M. de Bismarck : Gill et Gilbert Martin (1867). — Les caricatures de la Guerre et de la Commune: l'homme à la boule de Draner, Pilotell et Saïd. — Les caricatures depuis 1880. — Blass et Gilbert Martin, *Triboulet*, *Pilori*, *Don Quichotte*. — Luque et le *Monde Parisien*. — Type vu par les dessinateurs français. — Le Bismarck tragique et Tiret-Bognet. — Un Bismarck en deux traits.

Si haut que l'on remonte dans notre histoire graphique, l'on ne trouve pas de caricatures de M. de Bismarck avant 1867, avant le portrait-charge de Gill dans la *Lune*. Non seulement, en ces années grosses d'événements qui vont de 1862 à 1870, l'image n'est pas libre, mais encore les caricaturistes ne se font pas une juste idée de la puissance de l'homme d'État prussien. Imitant

l'ancienne monarchie française, alors qu'elle com-
battait les protestants au dedans et s'appuyait sur
eux au dehors, Napoléon III semble plutôt se
ranger du côté de la Prusse et laisse en même
temps les caricaturistes français charger, ridiculi-
ser les Prussiens, afin de donner une apparence de
satisfaction à l'opinion publique.

On trouvera, dans mon histoire de la Caricature en France, tout ce qui a trait à cette guerre
par l'estampe, dont le *Charivari* fut le principal
agent. Ici je n'ai à m'occuper que de Bismarck.

Chose caractéristique, autant l'on avait été dur
pour les Prussiens — les caricatures de Cham,
de Darjoux, de Draner, de Stop resteront le plus
violent réquisitoire illustré qui jamais ait été publié
contre eux, — autant l'on se montrait affable à
l'égard de M. de Bismarck. En cette année 1867
la presse parisienne n'avait pour lui que des ama-
bilités et enregistrait ses bons mots, car il en faisait ou du moins était censé en faire, tout comme
un vieux boulevardier. N'est-ce pas lui qui répon-
dait au fumiste à froid, ayant voulu lui persuader
qu'à la revue de Longchamps on avait crié : Vive
Bismarck ! « Vous vous trompez, la foule criait :
V'là Bismarck! v'là Bismarck! Ce n'est pas

tout à fait la même chose, mais c'est presque aussi
flatteur. » Et *la Lune*, dans la biographie qui

Portrait-charge publié dans *la Lune* (7 avril 1867).

accompagnait le portrait-charge de Gill, s'efforçait
de le montrer au public sous un jour intime, pas
si bouledogue que le dessin. A l'en croire, ce n'était
pas seulement un charmant homme, « très gai, très
affable, très courtois, très bon enfant » — tant de

très qu'il ne devait plus lui en rester pour sa femme — c'était encore un Don Juan. Son biographe n'ignorait pas certains détails, certaines plaquettes de Berlin et racontait même une amusante histoire d'objectif photographique qui fit figurer le ministre prussien aux côtés d'une *prima-donna* italienne (1).

(1) Voici cette amusante histoire qui n'est pas sans rapports avec l'affaire Dumas-Mencken.

M. de Bismarck était allé, en 1865, aux eaux d'Ischl. En même temps que lui, dans cette localité, villégiaturait une charmante *prima donna* de l'Opéra de Berlin, mademoiselle L..., aussi excellente chanteuse que jolie femme, et aussi jolie que vertueuse, — une *prima donna* accomplie, une *prima donna* comme on n'en voit guère, une *prima donna* comme on n'en voit pas. Un jour, sur la promenade d'Isclh, le ministre rencontre la chanteuse, la reconnaît, le salue, l'aborde ; entre premier ministre et étoile d'Opéra, en tout pays et en tout temps, la conversation se place sur le terrain de la complète égalité. Le ministre se détourna de sa route pour suivre celle de la chanteuse. Cette dernière allait justement se faire photographier. Les artistes de Berlin ont, vous le voyez, les mêmes vices que les artistes de Paris. Le ministre, arrivé à la porte du photographe, ne s'arrêta point ; il continua l'entretien commencé sur la promenade.

Tout à coup, le photographe caché sous son voile en sortit précipitamment et pria M. de Bismarck de s'éloigner un peu du fauteuil occupé par mademoiselle L... « Sans cela, dit-il, l'objectif allait cueillir la personne de l'Excellence et la placer sur la photographie, tout à côté de la *prima donna*.

Donc, jusqu'en 1870, rien d'hostile dans les quelques images qui se peuvent voir, deci delà. Gilbert Martin, qui débute dans le *Philosophe*, le représente bien en ogre aiguisant son coutelas pour égorger le petit Poucet, mais cette « ogrerie » ne semble pas sortir du domaine purement théâtral.

Voici l'affaire Hohenzollern, et, dès les premières caricatures, alors, il semble qu'on ait voulu affirmer l'importance du rôle joué en cette circonstance par le chancelier de l'Allemagne du Nord. La cour des Tuileries, trompée, se vengeait et lançait les crayons contre « l'Ogre du Nord. »

Durant cette nouvelle période, Bismarck, personnellement, va être ce que furent les Prussiens antérieurement. Toutes les images de 1870, toutes ces amusantes vignettes au jour le jour crayonnées par Cham avec un brio, avec une *furia* toute *francese*, sont autant de portraits de M. de Bismarck.

— Mademoiselle! fit M. de Bismarck, se reculant discrètement.

— Oh! restez, répliqua celle-ci; ce portrait est destiné à mon fiancé; il sera si heureux de l'honneur....

M. de Bismarck ne laissa pas achever et reprit sa place. Et voilà comment un ministre prussien est portraicturé sur le même carré de papier qu'une cantatrice italienne.

La physionomie est exacte, l'expression seule est poussée au noir. Avec son front énorme, avec ses épais sourcils — véritables broussailles — avec sa double paupière retombante, avec son nez très fortement accentué, avec sa grosse moustache qui, toujours, semble avoir besoin de la serviette, avec sa bouche entr'ouverte se pourléchant d'avance à l'idée du bon repas qu'il va faire ou du bon tour qu'il va jouer, le Bismarck de Cham tient à la fois du chat sauvage et du bouledogue. Il n'est pas chargé; il est simplement dramatisé.

Puis, dénouement horrible, voici la guerre officiellement déclarée, la guerre invoquée, pour ainsi dire, par une imagerie qui, depuis longtemps, a commencé les hostilités, qui bat le Prussien à coups de crayon et à coups de bons mots. — D'août 1870 à mai 1871 tout un lot de caricatures signées Cham, Félix Régamey, Gill, B. Faustin, Pilotell, Alfred Le Petit, Draner, Moloch, Stop, de Frondas, Saïd (Alphonse Lévy), Rosambeau, Paul Klenck, Jann, Théo, L. Toll, Holb, Stock, Belloguet, Corseaux, Albert Millet, Mailly, de la Tremblais, et que sais-je encore; noms illustres ou complètement inconnus dont quelques-uns passèrent, sans jamais s'être

"Renversez le Prussien et vous aurez la chute du rein.

CARICATURE D'ALBERT MILLET

11

Un joli tour.

Attention! Maintenant sous celui-ci! Le voilà!

Caricature de Cham (*Charivari*, juillet 1870).

Allusion à la candidature Hohenzollern au trône d'Espagne.

autrement fait connaître ; — collection variée d'aspect et de sujets, amas informe de feuilles jetées au vent, côtoyant quelques belles pièces remarquables par l'ampleur de la pensée, — visant sans cesse, personnellement, le roi de Prusse ou Bismarck.

Et comme précédemment, en Allemagne, les légendes se font un plaisir de torturer le nom du Chancelier, de lui donner des titres fantaisistes : « Bismarck-Schosedousen, Bismarck-Sedlitzhausen, Bismarck le saucissonnier, annexeur ordinaire de S. M. Guillaume », bientôt même, c'est « Trimarck » ou « Triquemark. »

Dans cette estampe plus emballée, plus hardie que prévoyante, certains motifs reviennent sans cesse : Bismarck remportant une veste, Bismarck cirant les chaussures de nos petits troupiers, Bismarck voulant atteindre jusqu'à Paris, qui, invariablement, derrière ses fortifications, lui répond par un pied de nez. A-t-elle assez fière allure la feuille de Gill, nous montrant M. de Bismarck venant poser ses conditions au garçon du « café de Paris », — la capitale, on le sait, n'est qu'un immense cabaret — demandant *le* Alsace, *le* Lorraine, *le* Soizon, sans oublier des *cicares*. Et à ces prétentions le « garçon de cabinet » répond par le « Boum! » du canon crachant la mitraille du haut des remparts.

L'HOMME A LA BOULE (1870)

Par Draner.

O mon bonhomme, cette fois tu trouveras des arêtes !
Caricature de Cham (*Charivari*, juillet 1870).

Des pendules, je ne parle pas : les légendes de
l'époque ont épuisé le sujet. Ne vont-elles pas
jusqu'à placer ceci au-dessous d'une conversation

entre Guillaume et Bismarck : « Peu de gloire, mais que de pendules ! »

Et je ne fais que mentionner les souvenirs empruntés à la caricature de 1792, cette caricature qui aime à nous montrer les Prussiens s'oubliant dans les vignes et pris de « venette » subite. En pareil cas, Guillaume demande le pot et Bismarck apporte son casque. Le clysopompe joue un rôle, comme dans la *fluxion de Bismarck*, d'Albert Millet, qui doit être renversée pour que la chute du... rein se puisse voir.

Naturellement, toutes les séries de portraits-charge donnent du Chancelier une photographie plus ou moins flattée. Dans le *Pilori-Phrénologie*, de Belloguet, sa tête est bien meublée ; dans les *Marrons sculptés*, de de Frondas, sa tête repose sur des crânes. Presque toujours coiffé du casque à pointe, une ou deux fois il apparaît cependant travesti en jésuite : « Don Bazile-Ignace Loyola Bismarck », ainsi que l'appelle le caricaturiste Rosambeau.

Parmi ces feuilles au jour le jour que la Guerre et la Commune voient pousser comme de véritables champignons, l'idée est rare. Combien peu ont, pour passer à la postérité, le souffle et l'allure qui, seules, font les œuvres viables ! En tout cas, l'*Homme à la boule*, de Draner, le *Nouveau système de canons se chargeant par la culasse,*

Enfoncé, mon vieux chat-tigre !... Tu croyais le tenir, il s'envole
Caricature de Berlureau (*Almanach du Petit Pioupiou*, 1888).

de Pilotell, *Si nous causions un brin !* de Saïd, sont des pièces qui méritent les honneurs de la reproduction.

Quant à l'*Ivresse de Bismarck,* — un pamphlet

illustré, — je ne la signale que pour cette légende
en vers qui montre chez son auteur plus de pré-
voyance et de bonne volonté que de connaissance
approfondie de la langue :

> Sur un moos de verre, Bismarck on t'a placé.
> Ton rêve ambitieux, rêve d'un insensé,
> Inspiré par la bière, a pour base l'argile.
> Avant peu tu verras combien elle (*sic*) est fragile.

La guerre terminée, la paix signée, les feuilles
volantes disparaissent peu à peu, et c'est dans les
journaux qu'il faut aller chercher les caricatures
sur lesquelles Bismarck est représenté jonglant
avec les milliards ou pompant l'argent de la
France. Toutefois un calme relatif, conseillé du
reste par la prudence, succède aux violences du
siège, et le pays, occupé de sa réorganisation intérieure, laisse, pour un certain temps, Bismarck
se démêler avec les parlementaires allemands.

Dès lors, le Chancelier n'apparaît plus qu'en
certaines circonstances, incidents de frontière
(affaire Schnæbelé et autres), froissements avec
l'Italie, voyages royaux comme ceux d'Alphonse XII
ou de Humbert à Berlin, difficultés de la politique
coloniale ou déclarations peu sympathiques à
l'égard de la France, dont les parlements étran-

LE DIEU DES ARMÉES
SE CHARGEANT PAR LA CULASSE.

gers se font quelquefois l'écho ; à chaque événe-

D'après une caricature d'Alfred Le Petit, représentant côte à côte
Bismarck et Floquet.
(*La Charge*, 7 octobre 1888.)

ment, enfin, sur lequel on sent que sa main a dû
peser.

En somme, de 1872 à 1885, la France s'occupe
fort peu de l'Allemagne : Bismarck ne commence
à revenir dans l'image que vers 1886, mais il tiendra une place considérable dans les caricatures ou,
pour mieux dire, dans les pamphlets boulangistes.
Dès lors aussi, les dessinateurs à la solde des partis hostiles, sans cesse le font intervenir directement dans les affaires intérieures, dans nos dissen-
timents politiques. L'un le représente faisant la
courte échelle à Marianne, l'autre le place au premier rang comme allié de Jules Ferry ou de Spuller,
et l'on a pu voir plus d'une caricature — telle
« les deux Gaspards », dans *La Bombe*, — coiffant
le ministre des affaires étrangères de ce casque à
pointe que les Bavarois, autrefois, rejetaient avec
mépris. Mais survienne dans la politique étrangère
un incident comme le mariage Battenberg (1),
comme la publication des Mémoires de Frédéric III, comme l'affaire Katkoff, comme
l'affaire Wohlgemuth — conflit prusso-suisse —
et tous les crayons profiteront naturellement de

(1) A propos du mariage projeté de l'ex-prince de Bulgarie
avec la fille de l'empereur Frédéric III (1888), les caricaturistes de presque tous les pays se sont amusés à représenter
la défaite de Bismarck |par Cupidon.

PILORI-PHRENOLOGIE.

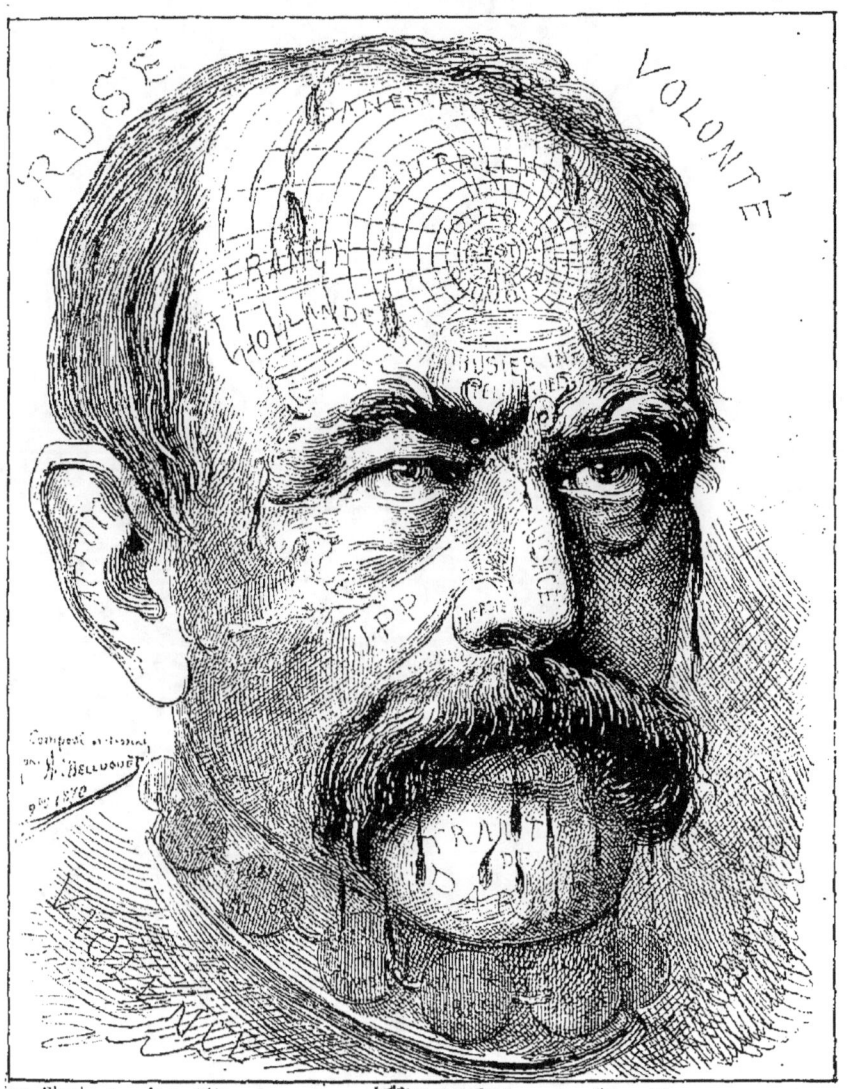

BISMARKOFF 1ᴱᴿ.

Ce masque libéral, trempé d'Hypocrisie,
De sang Républicain prépare une Ambroisie
Pour les rois ahuris. Diplomate entêté,
Par la mort et la honte il frappe Liberté !!!

l'occasion pour tresser à Bismarck autre chose que
des couronnes de lauriers.

Pas une caricature sur la politique italienne, sur
Crispi, sans qu'on ne voie quelque part un bras,
un casque, une ombre connue, indices révélateurs
de cette influence allemande qui nous paraît toute
puissante en la circonstance (1). Ici, c'est Crispi prenant une leçon de mandoline chez M. de Bismarck,
qui lui dit : « Attention, ou je tape sur les doigts ! »
— là, c'est à propos de l'entrevue de Friedrichsruhe, la joie du Chancelier, étonné d'avoir pu, à
son âge, faire la conquête de la belle Italie, qui lui
répond : « Remerciez-en Crispi, un bien habile
entremetteur. » Ailleurs, il chausse la grande botte
italienne, et à Crispi qui lui demande si cela va,
répond : « Comme un gant. » Autre part, l'on
aperçoit un pantin — Crispi — dont la ficelle est
tirée par l'inévitable personnage.

Sous le second Empire, le *Kladderadatsch* voyait
partout Napoléon III : à tort ou à raison, nous
sommes quelque peu atteints de la même maladie
à l'égard de Bismarck.

S'il faut en croire M. Narjoux, un observateur

(1) Et je dois dire que la chose paraît de même à nombre
de journaux à caricatures d'Italie.

consciencieux, qui a beaucoup voyagé, beaucoup
étudié l'étranger (1), ces caricatures froisseraient
vivement les susceptibilités italiennes. « L'Italien, »
écrit-il dans son intéressant volume sur *Crispi* (2),
« ne comprend pas notre genre d'esprit ; il ne
saisit pas le vrai sens de nos plaisanteries ; il leur
donne une importance qu'elles n'ont pas et en est
blessé. »

Je constate le fait, sans chercher, du reste, à en
tirer aucune conclusion, mais en faisant observer
que tous les étrangers ou ne comprennent pas nos
exagérations, nos plaisanteries parisiennes, ou les
prennent à la lettre, ce qui est presque toujours la
règle générale avec les Belges et les Suisses français (3).

Du reste, les Berlinois, les Viennois, les Italiens,
avec leurs nombreux dialectes, ont, eux aussi, un
genre de plaisanteries qui leur est propre et, quel-

(1) M. Félix Narjoux, architecte de la Ville de Paris a
publié à côté d'ouvrages techniques, de très intéressants
volumes illustrés sur l'Italie, l'Angleterre, l'Allemagne.

(2) *Francesco Crispi*, par Félix Narjoux (avec un portrait).
Paris, Savine, 1890.

(3) La chose m'est arrivée à moi-même, en plus d'une
circonstance, notamment à propos de mes articles du
Figaro, sur le tir fédéral suisse en 1887, interprétés par une
petite feuille génevoise avec la plus insigne mauvaise foi.

L'ENTREVUE DE FRIEDRICHSRUHE

Bismarck. — A la bonne heure, cara mia, je ne me croyais plus capable de faire une pareille conquête à mon âge.

Italie. — Remerciez-en Crispi, un bien habile entremetteur !

Caricature de Blass (*Triboulet*, 1888).

quefois, leurs attaques graphiques ne sont guère
plus bienveillan-
tes (1).

(1) Voir no-
tamment les
journaux sa-
tiriques qui
représentent
toujours la
France en
Nana.

Nos carica-
turistes entrent-ils
dans les détails de
la politique prus-
sienne ; ils sont pour
la liberté allemande,
de la même façon

La fameuse entrevue ! (ou celle qui se fera)

Oh ! ça ne sera pas long, il ne pèsera pas lourd le hanneton, malgré
son fort toupet !

Caricature de Uzès (*Triboulet*, 1888).

que, sous le second Empire, les caricaturistes berlinois défendaient la liberté du monde entier contre
l'autoritarisme napoléonien. Quand un pays ne peut
pas dire ce qu'il pense, ce sont ses voisins qui par-
lent en son nom, sans, du reste, se douter du rôle
qu'ils remplissent. C'est pourquoi, quand les Allemands feront l'histoire de leur nouvel empire, il ne
leur faudra pas négliger comme documents les caricatures de Gilbert-Martin, dans le *Don Quichotte*,
les pages de Blass dans le *Triboulet* et dans le
Pilori. Ils y verront Bismarck en torero, domp-
tant le taureau Reichstag, ou en charmeuse
de reptiles endormant le serpent non moins
« Reichstag » sur l'air du *Grand Mogol* :

> Allons, petit serpent,
> A ma voix montre-toi docile.
> Te rendre obéissant
> Est chose bien facile.

Quelquefois aussi, la pensée est plus générale,
comme dans cette gravure du *Triboulet*, où l'Europe dit à Bismarck : « Regarde là-bas, en Amérique,
la liberté, la prospérité : ici, grâce à toi, la misère
et l'esclavage. »

Combien n'est-il pas regrettable, au point de
vue artistique, que Willette, dont les caricatures

LA CUISINE ALLEMANDE

Bismarck, à sa Gretchen. — On ne fait pas d'omelette sans casser des œufs.

Caricature de Blass (*Triboulet*, 1888).

sur l'Angleterre sont si remarquables, ne nous ait
donné que deux ou trois types de Bismarck, à peine

Allez, frappez, prince : elle a la joue aussi dure que le cœur, la
perfide Albion.

Caricature de Willette, relative à l'affaire Morier.

(*Pierrot*, 11 janvier 1889).

chargés, mais à la physionomie moyen âge pleine
de saveur. Et combien ne serait-il pas intéressant

de posséder des Bismarck vus par Caran d'Ache,
le seul de nos dessinateurs qui connaisse réellement l'anatomie du Prussien !

En revanche, Luque a rempli le *Monde parisien*, journal publié de 1880 à 1884, de très inté-
ressantes et très pittoresques caricatures, qui sont
autant de portraits-charge du Chancelier, dessinés
avec humour et non sans esprit, quelquefois avec
un air de polichinelle rodomont curieux à observer (1).

De l'image si l'on passe au texte — ce texte qui,
on l'a vu avec le *Punsch* de Munich, sut trouver
en Allemagne tous les côtés mordants de la charge
écrite, — ce sera pour constater la pauvreté inven-
tive de nos crayonneurs. Un seul a compris la caricature littéraire, je veux dire le portrait satirique
de l'homme de fer qui serait à traduire en image,
si l'on s'amusait encore, de nos jours, à faire des
allégories vivantes comme les Bonnard sous
Louis XIV. Ce « seul, » c'est Willette, qui a publié
dans son *Pierrot* un portrait d'autant plus curieux
que, pour la première fois, je vois employer au

_____

(1) Voir également le Bismarck qui se trouve dans la
feuille de portraits-charge de Luque, publiée dans le *Figaro
illustré* de 1884-85.

CARICATURE DE GILBERT-MARTIN

(*La Nation*, 1888.)

sujet du Chancelier les fantaisies ferrugineuses des opposants germains à la politique prussienne de 1863 à 1867. Et c'est pourquoi je n'hésite pas à reproduire ici ce précieux document :

Ces temps derniers, j'étais allé trouver des juges, à Berlin, pour mon procès, et j'eus alors l'occasion de visiter l'antre du Chancelier de fer. Grâce à une poignée de pfennigs jetés dans la gueule de son chien Cerfer, je pus pénétrer jusque dans sa chambre à coucher.

Mein Gott, que c'est beau ! Le contenant se rapporte admirablement au contenu. Le lit, en bois de fer sobrement orné, porte un matelas rembourré de paille de fer et piqué de bons boulons de fonte. L'oreiller est un saumon, les draps sont en zinc dentelé avec un goût exquis, le couvre-pied est en tôle brodée en point du Creusot et la descente de lit est en étain moelleux. Ce n'est pas riche, riche, mais c'est solide, et dame ! quand on a une bonne ordonnance pour astiquer et faire reluire le tout, on n'a pas lieu de regretter la blanchisseuse, quelque jolie qu'elle puisse être.

En outre, le Chancelier de fer porte des chemises en cotte de mailles et son bonnet de nuit est simplement une casserole sans queue comme le révérend de Présalé. Il a pour sa personne les soins d'une courtisane en vogue : tous les matins, tous les soirs, hiver comme été, il se lave au plomb fondu, et les jours de grande revue il se passe entièrement au tripoli. Son cabinet de toilette est des mieux assortis : les serviettes sont de la toile métallique la plus fine, et le Chancelier, vrai petit-maître, se nettoie les dents avec une lime et de la limaille de fer, et se sert d'une scie pour faire ses ongles : il pousse la coquetterie jusqu'à se poudrer de mine de plomb !

Quant au côté nécessairement folichon, le Chancelier a, comme tous les autres hommes, son crampon, mais il est de fer également. Bien qu'il ait une santé de fer, M. de Bismarck souffre parfois énormément ; il est atteint d'une anthracite incurable, mais c'est lui qui consume sa maladie : un vrai fourneau, quoi ! Aussi se fiche-t-il de l'enfer comme moi de l'Académie.

Et maintenant, le Bismarck de la caricature française est-il un type à part, vu par les yeux français, une création répondant à l'idée qu'on a pu se faire peu à peu du Chancelier allemand, ou bien est-il la simple traduction, l'interprétation par des crayons français du type allemand ? En principe, — cela est, à la fois, très vrai et très naturel — nous ne voyons point Bismarck à la façon des dessinateurs du *Kladderadatsch* ou du *Figaro* ; et il n'a même plus, aujourd'hui, l'aspect que lui donnaient avant 1870 Cham et Draner, par exemple. Celui de Cham, il faut, à nouveau, insister sur ce point, a de l'ogre : c'est un Gargantua en casque ; on dirait un chat qui s'apprête à croquer une souris, à moins que, diplomate ou prestidigitateur habile, il n'ait les apparences d'un Méphistophélès. Celui d'aujourd'hui est un reître, cuirassé, botté, quelquefois avec la haute casquette, mais plus souvent avant sur sa grosse tête un tout

petit casque à pointe. Il arrive même que la pointe
seule soit visible. Les trois cheveux n'ont pas été

L'assommoir Bismarck.
Distillateur de l'eau-de-vie des États allemands.
Caricature de K. Spolski (*La Journée*, 1886).

oubliés, surtout par Blass, et d'aucunes fois, ces
« poils augustes » sont plantés comme trois

aiguilles, en souvenir, sans doute, du fusil... *dito*.
Enfin, d'autres caricatures lui donnent l'aspect d'un
vieux grognard, et, en ces images, je ne puis m'em-
pêcher de retrouver les influences du *Kikeriki*
viennois.

La ressemblance — pour m'occuper également
du côté portrait — laisse souvent à désirer. Nos
caricaturistes, je ne sais pourquoi, semblent avoir
une certaine difficulté à « attraper » la physionomie de Bismarck : il en est même qui ne se sou-
cient nullement du « côté bourgeois » de la ressemblance, quoique la caricature soit cependant bien
plus amusante quand elle reproduit le facies exact
du caricaturé. Tous cherchent à incarner en lui un
type ; peu, très peu, s'occupent de l'homme. Je fais
exception pour Gilbert Martin qui, suivant sa cons-
tante et très louable habitude, a compris que le
fait de caricaturer un homme d'État comme poli-
ticien n'empêchait nullement de donner le visage
de l'homme lui-même. Et cette observation peut
également s'appliquer aux portraits comiques de
Spolski dont l'un — celui que je reproduis ici — a
pris place dans *La Journée*.

Somme toute, nous avons vu, en France, le
côté dramatique, tragique, terrible, en un mot du

LES PENSÉES DU BON ERMITE

L'empereur se fait socialiste.....
Si je me faisais nihiliste??

Composition inédite de G. Tiret-Bognet.

13

personnage ; nous ne paraissons pas avoir eu le
sentiment de son côté comique, intime, humoristique : ni pipe, ni chien. Et c'est un peu la conséquence de 1870, qui ne nous a pas permis de rire
de l'ogre germanique devenu, pour beaucoup
d'entre nous, comme il apparaît ici sous le crayon

Tragediante.
Croquis inédit de Tiret-Bognet.

de Tiret-Bognet, un horrible conspirateur à la mâ-
choire effrayante, un véritable personnage shakes-
pearien, une vivante allégorie des Esprits infer-
naux.

Ceux qui sont quelque peu familiarisés avec la

caricature d'outre-Rhin, connaissent très certainement la façon sommaire dont les Allemands se sont
amusés à dessiner les figures historiques de Frédéric le Grand, de Napoléon Ier et de Napoléon III.
Un trait d'abord, un simple trait, qui, développé,
suivi logiquement, donne des physionomies com-

Comediante.
Croquis inédit de Tiret-Bognet.

plètes, vivantes et quelquefois d'une merveilleuse
ressemblance.

Ceux qui connaissent l'historique du genre caricatural consistant à transformer par à peu près,
par une succession de rapprochements entrant

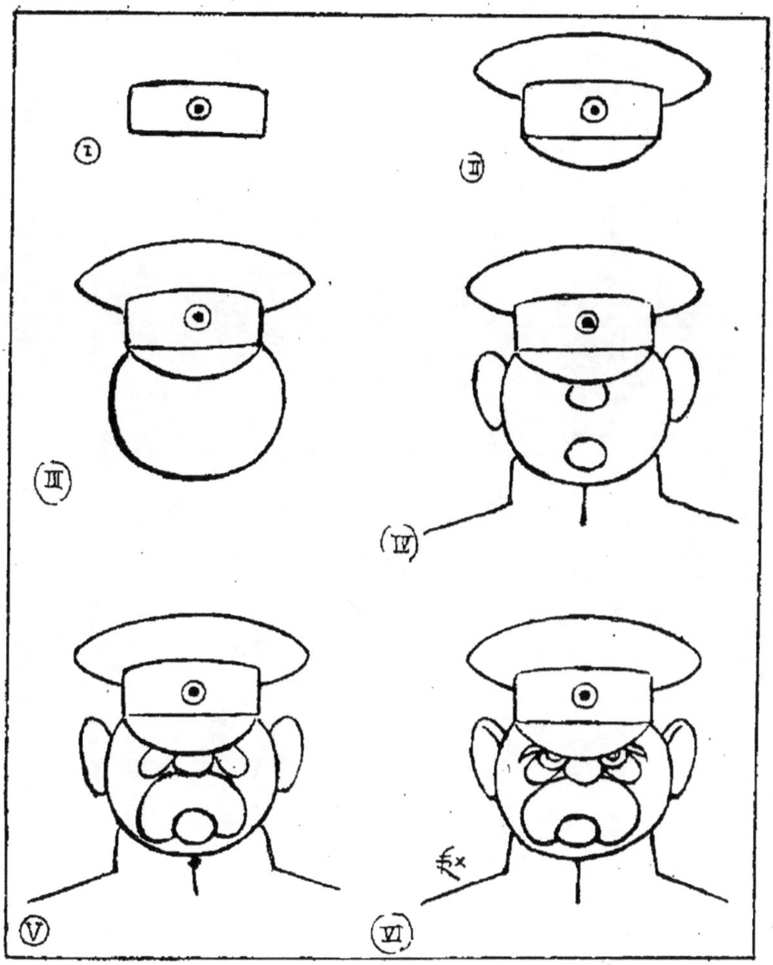

LE BISMARCK DES ENFANTS

Croquis par Félix Régamey.

Cette pochade d'artiste est faite dans le même esprit, suivant la même méthode, que les amusantes fantaisies du caricaturiste allemand Wilhelm Busch sur Frédéric le Grand et Napoléon Ier.

dans un même cadre, présentant la même surface extérieure, soit des personnages en objets, soit des objets en personnages — faire un chat d'une potiche, amener la tête du crapaud à la figure humaine, trouver des images dans certains traits du visage particulièrement développés — ceux-là n'ignorent pas que ce genre, d'origine germanique,

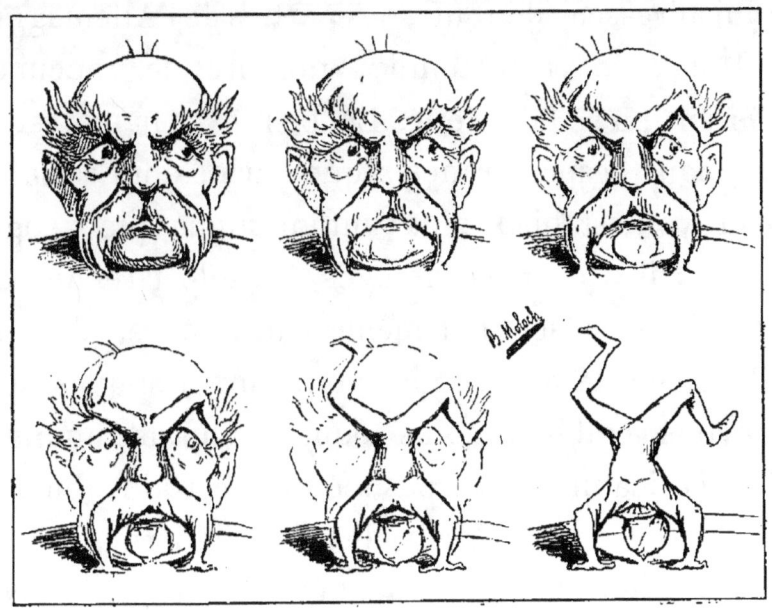

Ce qu'il y a dans la figure de M. de Bismarck.
Caricature inédite de Moloch.

indiqué par Lavater dans sa célèbre *Physiognomonie*, a rencontré chez nous, en Moloch, un très habile exécutant, dont les amusantes fantaisies égayent les lecteurs de la *Silhouette*.

C'est pourquoi, devançant en recherches « bismarkiennes » les compatriotes et les admirateurs de M. de Bismarck, je publie ici les pochades, les essais de synthèse graphique trouvés par les artistes français.

Cela sortira le grand chancelier de la banalité des épîtres élogieuses et des provisions de bouche à lui adressées de toutes les parties de l'Allemagne.

Donc, le voici tombé; nombre de rancunes eussent pu se faire jour. Eh bien ! la haine est si peu dans l'esprit français que l'arme dont se saisit le crayon est bien plus humoristique que vengeresse : il y a, en ces images, plus de rire que de fiel. Une chose peut même surprendre, c'est le silence gardé par les journaux humoristiques : les crayons semblent moins loquaces que les plumes. Si la caricature ne va pas, comme certains journalistes, chercher à Friedrichsruhe, matière à *reportages*, elle a eu soin également de ne pas verser dans l'ordure.

Elle oublie — et elle a raison — que le cadavre d'un ennemi mort sent toujours bon. Et puis, un peu sceptique de sa nature, elle a beau chanter : *M. Bismarck est mort!!!*, nous représenter comme la *Silhouette* l'enterrement du grand

« Et il se reposa au septième jour de toute l'œuvre qu'il
avoit faite. »

(*Ancien Testament*, traduction Osterwald, 1780).

Composition de H. de Sta.

homme porté en terre sur l'air de Marlborough, par quatre potentats ; elle paraît, ainsi que sa congé-

Bismarck se préparant à écrire ses mémoires.
Silhouette inédite de B. Moloch.

nère de Vienne, n'avoir en cette retraite qu'une confiance limitée.

Tous les r'grets il emporte,
Mironton, mironton, mirontaine ;
Tous les r'grets il emporte...
...Car il n'en laisse aucun.

Est-il bien mort? J'en doute.
Mironton, mironton, mirontaine ;

Est-il bien mort? J'en doute...   !
S'il ne l'est pas, tant pis!!

La *Silhouette*, représentant les adieux touchants
du ministre et du souverain, a eu soin de montrer
le dépit du Chancelier « cassé aux gages », de ce
« bras droit » qu'on prétendait, désormais, faire
passer à l'état de « bras gauche ». Comblé de cadeaux, soit! mais au fond, peu satisfait.

Cependant, dans tous les pays, l'esprit caricatural semble avoir senti certaines choses de la
même façon. Le *Kladderadatsch* nous a montré
le Chancelier obtenant enfin un repos bien mérité.
Voici de Sta qui représente Bismarck fumant paisiblement sa bonne pipe tudesque — quoique bour-
rée de tabac non monopolisé, — la main appuyée
sur cette bière de Mars, boisson guerrière et mous-
seuse, véritable champagne germanique. Il a accompli son œuvre, il a créé son Empire : comme
le Seigneur il se repose le septième jour. C'est la
note paisible, humoristique, venant après la note
dramatique de Tiret-Bognet.

Tout ne se termine pas par des chansons, mais
souvent par des images qui font songer. Certes la
France peut bien nous montrer les quatre saisons

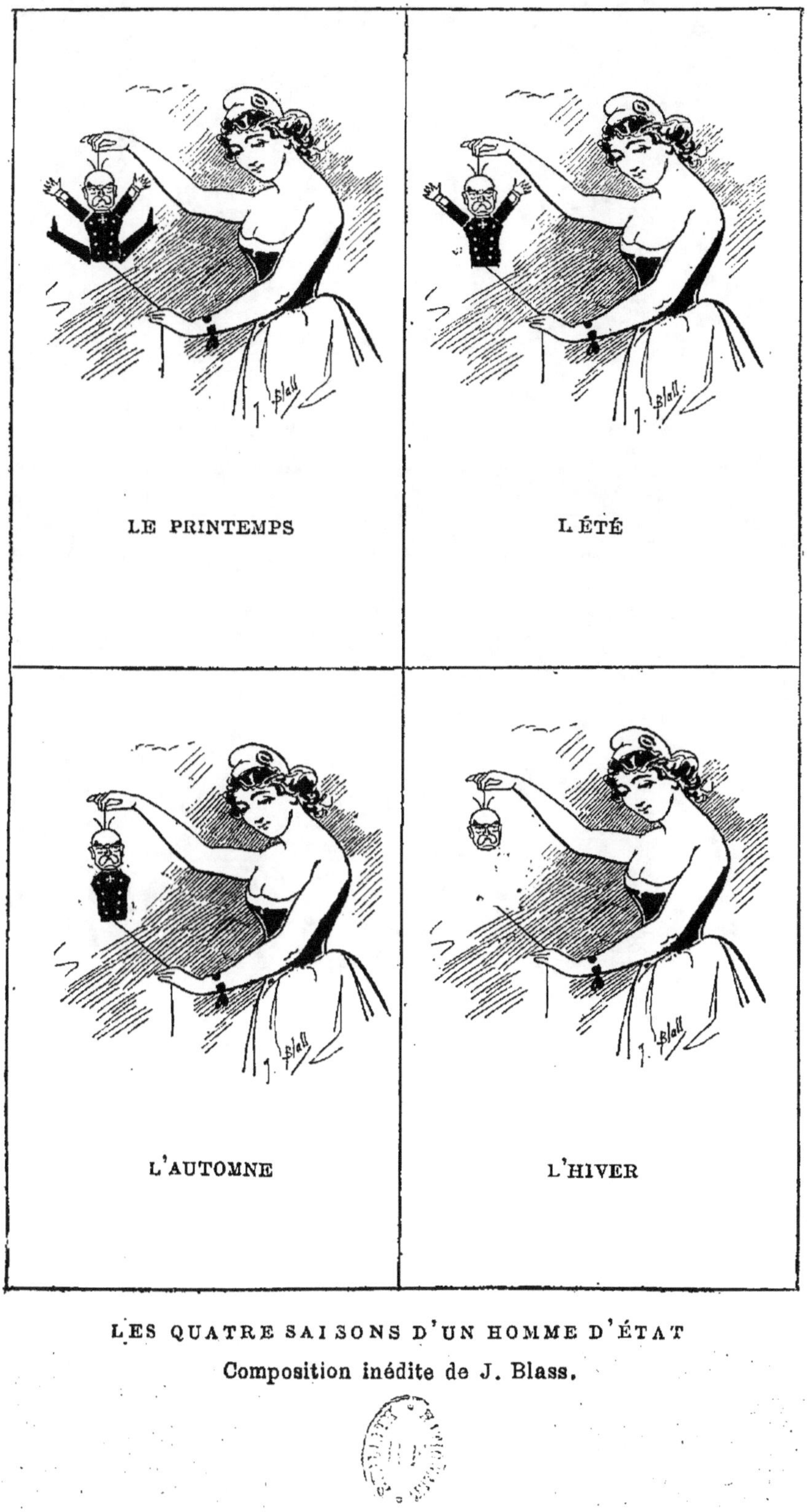

LE PRINTEMPS

L'ÉTÉ

L'AUTOMNE

L'HIVER

LES QUATRE SAISONS D'UN HOMME D'ÉTAT
Composition inédite de J. Blass.

d'un homme d'État; elle en a assez usé pour cela.
Et c'est la philosophie de la Mort sous sa forme
moderne, sous son aspect français, que Blass, en
véritable Grévin politique, a fait mouvoir devant
nous. Tous les pantins de la comédie humaine,
même ceux à trois cheveux, ne tiennent qu'à un
fil... le fil de la vie.

Bismarck vu par Humbert.

IX

BISMARCK CARICATURÉ PAR LES ITALIENS

La caricature à tendances européennes : *Papagallo, Rana*, etc. — Le vrai Bismarck italien : *Fischietto* et *Pasquino*. — Ressemblances physiques entre Bismarck et Crispi. — Le chancelier à trois cheveux et le ministre à un cheveu.

E viva l'Italia! Elle aussi, elle caricature Bismarck — Bismarck et son « fidèle Crispi » — et sa presse humoristique ne me semble guère inféodée au Chancelier.

Avant 1870, c'est à peine si elle s'occupe du tout-puissant ministre. Parcourez *Il Fischietto, Il Spirito Folletto, Il Lampione, Il Pasquino*, etc., Bismarck paraît n'avoir pour les crayons italiens qu'une importance secondaire. Et cela se conçoit. Malgré 1866, malgré l'alliance prussienne, c'est toujours la France qui prédomine : monarchie, à commencer par le souverain, et politique ministé-

14

rielle, tout est encore imbu des idées napoléo-
niennes. C'est l'alliance avec la Prusse qui a fait le
royaume d'Italie au point de vue matériel; mais
c'est l'esprit de Napoléon III qui a présidé à son
organisation. Et il semble qu'en caricaturant violemment l'Empereur des Français les journaux
aient voulu protester contre cette influence.

Après 1870, tout change. Agrandi, le royaume
d'Italie a pu enfin conquérir avec Rome cette unité
tant désirée. En possession de son intégrité territo-
riale, il donne à sa politique une impulsion plus générale et, ballotté entre les influences allemandes et
un reste de sympathies françaises, il manifeste
hautement ses tendances internationales. La presse,
elle, reflète admirablement cet état de choses; à
voir les journaux humoristiques que nous envoie
la péninsule italique, on croirait plutôt qu'ils proviennent d'un pays neutre, à idées cosmopolites,
tant, ici, les affaires européennes l'emportent sur
les affaires purement italiennes.

Qu'est-ce que le *Papagallo*, ce *Perroquet* qui
« répéte », en un français piémontisé, ses articles
et ses légendes — comme les Allemands, les Italiens
aiment à écrire dans notre langue — qu'est-ce,
sinon ne véritable imagerie européenne faisant

LE CHEMIN DE LA GLOIRE

Le soleil entraînant avec lui les grands hommes... ceux mêmes qui ne veulent rien entendre du Paradis.

(*Papagallo*, 2 novembre 1879).

Allusion aux affaires du Vatican.

défiler hebdomadairement sous les yeux du public, en une succession de tableaux coloriés et

Les barbiers à l'œuvre.

L'un rase l'autre et réciproquement, mais le plus difficile à raser ce sont les queues.

(*Papagallo*, 7 septembre 1879).

comiques, — très souvent des cartes animées peuplées de personnages — les grandes lignes, les grandes questions de la politique; — une sorte de galerie humoristique retraçant les faits et gestes des Prussiens, montrant les dessous qui les font agir; — un théâtre en images, dont les fils sont tenus par M. de Bismarck ?

Bismarck! C'est le *Deus ex machina* de ce journal graphique, qui, de semaine en semaine, fait circuler ses décors à la devanture des kiosques. Le voici sous toutes ses faces, dans nombre d'attitudes diverses. Distributeur des biens de ce monde, il jette aux puissances l'os de la question d'Orient; cordonnier, il ressemelle les pantoufles du Vatican, laissant ses enfants, les États allemands, sans chaussures; astronome, il trône au Parnasse politique; hôtelier, il est le Vatel du congrès de Berlin; joueur d'orgue, il fait aller la manivelle de la suprématie en Europe; barbier, il voudrait bien raser tout le monde; roi de la diplomatie, il distribue des étrennes aux Puissances qui ont été bien sages; valet de chambre, il porte le plateau de l'équilibre européen. Qu'il prépare le fricot de la politique, qu'il arrache les dents sur la place publique, qu'il fasse manœuvrer les marionnettes de la comédie internationale, qu'il conduise l'équipage des Puissances, qu'il soit directeur du cirque européen, qu'il

figure en saint dans les églises « embaumé par le
Vatican »; qu'il donne le « la » à l'orchestre de la
triple alliance, qu'il mène la politique en véloci-
pède; qu'il soit berger, instituteur, caporal de re-
crues : la même idée générale préside à ces compositions ; celle de sa suprématie. C'est lui qui domine.
C'est lui qui commande. Et sa figure se voit partout,
en guise d'ornement, taillée en bois, coulée en
fonte, sur les tonneaux de poudre, sur les fon-
taines, sur le bouclier de la triple alliance.

Grand a été le succès du *Papagallo*, si grand
même que les imitateurs lui sont venus : *Il Trot-
tola* (La Toupie), *Il Rana* (La Grenouille). Mêmes
lithographies en couleurs ; mêmes genres de sujets.
Du reste tous favorables à la France ; tous ayant
cru en l'étoile de Gambetta ; tous ayant vu dans
cette personnification du coq gaulois le « Grand
Latin » qui devait faire pâlir les étoiles actuelles du
firmament politique.

La *Grenouille* dont les tendances démocratiques
sont nettement visibles, qui a fulminé contre les
« tondeurs de peuples », donne des « tableaux politiques » à nombreux personnages, avec un tel luxe
de détails que, pour un peu, on verrait réapparaître les fameuses légendes d'autrefois s'échappant

en longues banderolles de la bouche des acteurs. En voici qui expliqueront l'image aussi nettement qu'une reproduction :

Grand divertissement diplomatique et canin. — Le grand et puissant Bismarck offre le beau spectacle du Parlement allemand apprivoisé par lui. Les autres nations, en vrais singes, voudraient l'imiter sous l'égide de la diplomatie. Cependant elles ne réussissent pas dans leur tentative, si bien que les ministres respectifs, qu'ils subissent ou non des crises, se contentent de rester en croupe, et de se faire porter par des chiens patients et fidèles, représentant la nation.

Les travaux du printemps. — Dans l'immensité de ce bas-monde, il y a trois personnes qui conduisent les travaux agricoles d'une manière tout à fait différente. L'Italie, le pays du beau ciel et des belles fleurs, est très négligente. Dans sa serre de Montecitorio, elle a, il est vrai, de bonnes tiges, mais elle a aussi des cornichons très durs et des plantes sauvages... Elle ne s'aperçoit même pas du serpent qui menace de se glisser dans son jardin. Au centre, la France, avec plus de soins, s'occupe à faire pousser une nouvelle tige, après avoir totalement déraciné la vieille. Puis vient Bismarck, le fort et puissant Bismarck, qui, dans son enceinte, s'occupant peu des fatigues et des dangers auxquels il s'expose, veut, coûte que coûte, plier deux plantes indomptées (L'Alsace et la Lorraine). Avec le socialisme il travaille en vrai gâcheur, se servant avec force de la hache. Il en sera ce qu'il en sera.

Très souvent, les images de ces journaux ne sont que des aphorismes, des sentences illustrées;

LES HOMMES VOLANTS

Les plus confiants se laissent emporter jusqu'en haut sans crainte de venir se briser contre la lune, au risque de tomber dans la poêle et, de la poêle, sur des charbons ardents.

(Papagallo, 28 octobre 1880)

de toute façon c'est une manière très particulière
d'entendre la caricature politique. Voici, par
exemple, une chromolithographie du *Perroquet*
sur la question d'Egypte. La couronne égyptienne
navigue sur le Nil, majestueusement portée par
un crocodile coiffé d'un fez; tout le long du fleuve,
en posture comique, expliquée par la légende, sont
les Puissances européennes : « Si l'Anglais étend une
grande main sur la couronne d'Egypte, Bismarck a
aussi un grand bras. Le Russe a de grands pieds et
le pas est difficile pour lui. Le Français a une tête
majestueuse, mais le pauvre Italien a une grande
langue pour se taire. » — Et ailleurs, voici le défilé
des Puissances ayant sur le dos leurs attributions
respectives. « Chacun », nous dit le texte, « doit
porter son fardeau. Plus il est lourd, plus le voyage
sera long. Les États arriveront plus ou moins vite
suivant leur force ». Et c'est Bismarck, qui ouvre
la marche, supportant le monde politique, sans que
ses épaules semblent fléchir sous un tel poids.

Dans toutes ces compositions, si le Chancelier a
les trois cheveux classiques, on ne s'occupe guère
de la ressemblance physique et, souvent, l'uniforme
dont il est revêtu a des couleurs plus autrichiennes
que prussiennes.

Au point de vue purement italien, le vrai Bismarck est celui que nous donnent deux journaux.

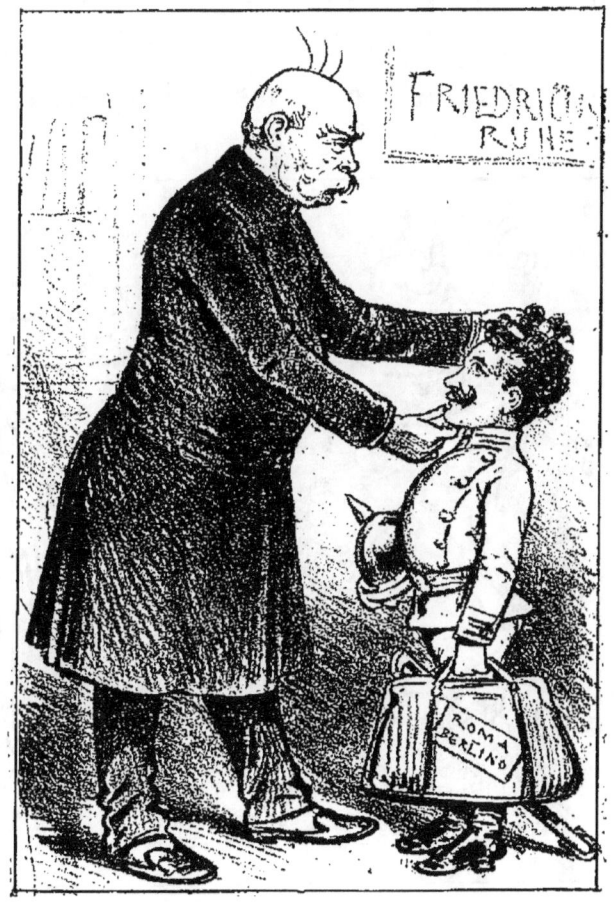

Bravo, mon petit Humbert! Papa est content de toi. Perds
tes cheveux au plus vite et il te confiera son poste.

(*Il Fischietto*, 1888.)

de Turin, *Il Fischietto*, *Il Pasquino*, dessiné en
noir ou en couleurs par des artistes de valeur. Là,

il apparaît escorté du fidèle Crispi : entre eux le dessinateur s'est évertué à établir une ressemblance ;
il y a du Crispi dans Bismarck, du Bismarck dans
Crispi. Le chancelier allemand, comme patron,
comme grand chef, a les trois cheveux ; Crispi, en

Les deux augures : Léon XIII et Bismarck, le docteur
en théologie.

(*Il Fischietto,* 1889).

élève de première classe, n'a été encore promu
qu'à la dignité du cheveu unique. Peut-être dans

un avenir plus ou moins lointain, lui accordera-t-
on la trinité capillaire!

Avec Humbert comme avec Crispi, avec le roi
comme avec le ministre, il a toujours l'attitude
d'un protecteur, d'un maître d'école. Avec le pape
il rappelle les deux augures, à moins que, coiffé
lui-même d'une sorte de casserole à pique — tiare
d'un nouveau genre — il ne siège sur le trône pon-
tifical, au milieu d'évêques et de cardinaux à la
mitre et au chapeau ornés du paratonnerre prussien. Du reste, sans cesse entouré de canons, d'en-
gins de destruction et ne vivant ainsi, dit-il, que
parce qu'il veut être laissé en paix. Souvent en
chien, en bouledogue : c'est de la sorte que l'a représenté Camillo Marietti, directeur et principal
dessinateur du *Fischietto*, lors de la mesure éta-
blissant la formalité du passeport à la frontière
d'Alsace. Et quel chien ! Tyras lui-même ne serait
pas de meilleure garde.

Marietti, caricaturiste distingué, est l'auteur
d'une fort belle page, de très grande allure comme
pensée, publiée à propos de la démission du grand
Chancelier. Cela s'appelle « l'armoire aux retraités » et représente Bismarck et Tisza, assis chacun dans une armoire, comme des mannequins à

la devanture d'une vitrine. Sur le côté s'avance une
main — la main de l'Histoire sans doute — qui

Si le petit Cobourg ne se sacrifie de lui-même, on le sacrifiera
aux amours de la Russie et de l'Autriche.

(*Il Fischietto*, 19 novembre 1889).

tend un doigt vers Crispi, en lui indiquant une
troisième armoire, vide et ouverte. « A ton tour,
maintenant », dit-elle. Et c'est ainsi, très certaine-

ment, que la triple alliance prendra fin. Après **Tisza**, Bismarck, après Bismarck, Crispi.

Si nous connaissions toute cette série de caricatures sur Bismarck, peut-être pourrions-nous apprécier d'une plus juste façon les véritables sentiments des Italiens à notre égard.

Entre le chancelier qui s'en va et celui qui vient, *Fischietto* ne voit qu'une affaire de cheveux. Dans les portraits qu'il nous trace de l'un et de l'autre, Caprivi n'est en effet qu'un Bismarck avec un peu plus de cheveux. Mais le vrai chancelier, l'ancien, est tellement couronné de roses par tout le monde, — ses ennemis eux-mêmes lui en apportent, tant ils sont heureux de son départ! — qu'il ne reste plus au nouveau qu'une arête de poisson. C'est maigre, même en temps de carême.

Et maintenant que Bismarck est parti, emportant sur son dos, comme nous le montre *Pasquino*, tout son attirail, c'est-à-dire son théâtre de marionnettes, la caricature italienne semble ne point vouloir troubler son repos. Celui qui l'occupe, celui qui va payer pour les autres, c'est Crispi, le troisième larron, Crispi dont le chapeau à haute forme se trouve quelquefois percé par la pointe du casque, Crispi auquel quelques dessinateurs

L'ÉCLIPSE DU GRAND CHANCELIER

Bismarck s'en allant avec son théâtre de marionnettes.

(*Il Pasquino*, avril 1890).

accordent déjà deux cheveux, et qui, seul, désormais, étendra sa main sur le monde.

Du reste, depuis longtemps Bismarck a obtenu l'absolution des crayons italiens, ne serait-ce que pour sa guerre contre les « charbonniers » (lisez les cléricaux). Le *Papagallo* ne lui donnait-il pas l'absolution, dès 1883, par l'entremise du Saint-Père?

« *Le Chancelier.* — Je confesse m'être moqué de la moitié du monde.

« *Le Pape.* — Ce n'est rien, mon fils, car, moi, je me suis moqué du monde entier. »

E viva l'Italia ! Elle sait encore rire des palinodies humaines.

Vignette du *Fischietto*.

X

BISMARCK CARICATURÉ PAR LES ANGLAIS

Peu de caricatures anglaises sur Bismarck. — Les Anglais
ne dessinent la figure du Chancelier que lorsqu'il est mêlé
à des événements les intéressant particulièrement. —
Type des Bismarck anglais. — Caricatures sur la retraite
du Chancelier, véritables tableaux humoristiques.

On aura quelque peine à le croire, Bismarck
occupe une place relativement très secondaire dans
la caricature anglaise, cette belle caricature, un
peu dure, un peu raide, conservant, malgré tous
les progrès des procédés actuels, la taille du bois
ancien, mais bien personnelle par cela même,
gardant le rire, la grosse charge, le grotesque
d'autrefois pour les études de mœurs intimes,
pour les suites en images, bien que le dessin
politique y revête souvent l'aspect d'un tableau
satirique, d'une page vécue et observée. Seul

un journal me semble vouloir réagir contre
cette correction, contre cette façon d'envisa-
ger les événements : le *Ally Sloper's Half
Holiday*.

Mais ouvrez le *Punch*, le *Fun*, le *Judy*, le
Moonshine et, invariablement, la caricature du
jour se présente sérieuse sous la forme d'un bois
ayant page blanche au verso.

Et puis, chez nos voisins, les animaux jouent un
grand rôle. Là aussi, pas de déformations du visage, pas d'attitudes grotesques données au corps,
mais bien des hommes à tête de chien, de cheval,
de lion ; mieux encore, des chiens, des chevaux,
des lions, avec le visage du personnage politique
qu'il s'agit de mettre en scène.

C'est ainsi que Bismarck a passé, comme dogue,
par toutes les fantaisies de la race canine. N'est-
ce pas la transformation à laquelle sa figure se
prête le plus facilement? n'est-ce pas la forme extérieure qui lui a été donnée le plus généralement
dans tous les pays?

Pour que les Anglais se soient occupés de Bismarck en dehors d'eux, je veux dire en dehors
des événements les intéressant directement, il a
fallu des incidents d'une importance européenne.

LE COMBLE DE LA PRÉCAUTION.

La Justice, à Bismarck. — Votre client a été attaqué et vous demandez
que le défendeur soit obligé de prendre l'engagement de respecter la
paix pendant plusieurs années. Je ne puis vraiment sanctionner une
prétention aussi exorbitante.

(*Punch*, 18 février 1871).

L'Anglais, par le fait de sa situation particulière, par le fait de son isolement territorial est, avant

Bismarck démissionne, toujours la même plaisanterie qui, comme d'ordinaire, s'en ira en fumée...

(*Ally Sloper*, 22 mars 1890).

tout, personnel, local. Ce n'est pas un reproche

que je lui adresse, puisque cette disposition est la conséquence d'un état physique particulier ; c'est un fait que je crois utile de constater, de rappeler du moins, alors qu'il s'agit d'apprécier, de rechercher la part prise par lui à la représentation graphique d'une figure européenne.

C'est donc en vain que l'on parcourerait le *Punch* et ses confrères en caricatures dans l'espoir d'y trouver une mine inépuisable de dessins sur les événements de 1870. Durant la guerre franco-allemande, le vieux Polichinelle anglais a tenu avant tout à rester neutre : trois ou quatre compositions dont une seule mettant en scène Bismarck, et c'est tout. Allégorie d'une très grande allure, mais qui n'a rien de caricatural. Campé en véritable reître, le chancelier amène la France ensanglantée aux pieds de la Justice. Il l'a réduite à l'impuissance, meurtrie, et c'est lui qui vient contre elle demander des garanties.. Ici la satire est tout entière dans la légende. Ceci fait, l'Angleterre rentre son crayon.

N'a-t-elle pas accompli son devoir?

N'a-t-elle pas protesté contre une plus grande mutilation du vaincu?

Et maintenant, — je ne parle pas de quelques

WORKING THE POINTS.

PRÉPARANT UNE RENCONTRE

Caricature faisant allusion aux efforts de Bismarck pour amener un conflit entre l'Angleterre et la Russie. Les mots *Half speed* qui se lisent sur l'inscription du bas, répondent à notre : « ralentir. »

(*Punch*, 4 mai 1873.)

petits Bismarck, lettres ornées servant à des entre-
filets sur les choses allemandes, — pour trouver
dans cette caricature de grandes compositions
mettant en scène le chancelier, il faudra des événements intéressant, redisons-le, soit la politique de l'Angleterre, soit la cause du protes-
tantisme qui est un peu la cause de la Grande-
Bretagne elle-même. Qu'on touche à quelque
missionnaire, à un quelconque de ces agaçants
colporteurs de Bibles qui finiraient par vous faire
prendre en grippe tout ce qui est protestant, et
aussitôt on en appelle au prince de Bismarck, et
aussitôt on représente le tout-puissant ministre,
botté et casqué comme il figure ici, élevant la voix
et imposant ses conditions. Tel fut le cas, par
exemple, en 1875, lors de l'affaire de « La Luz »,
ce journal protestant supprimé par le gouvernement espagnol.

Il ne faut pas toucher non plus à la politique
coloniale et commerciale de l'Angleterre ; il ne
faut pas essayer de lui enlever diplomatiquement
ses alliances ; car ses dessinateurs sont là, l'œil
attentif, la pointe du crayon prête à traduire graphiquement ce qui se concerte, ce qui se trame
dans les chancelleries.

Alors apparaissent des Bismarck en aiguilleur, en colporteur, en représentant de commerce, non pas du vulgaire portrait-charge, mais de véritables tableaux, de véritables scènes animées. Belle caricature, toujours digne, toujours spirituelle, et, avec cela, d'une grande perfection, comme exécution. Les excentricités du dessin, les « clowneries » du crayon sont spécialement réservées aux choses de la vie. La politique c'est de la diplomatie, et l'on sait quel respect les Anglais ont pour tout ce qui touche à cet *ars regnandi*.

Si j'en excepte une page de petits croquis publiés en 1882 par *Moonshine*, dans sa série « Célébrités du jour » et représentant Bismarck en diverses attitudes connues, je ne crois pas que la physionomie du grand chancelier ait jamais donné lieu, en Angleterre, à des études spéciales. A peine un portrait-charge (1).

Et cependant, questions commerciales et intérêts communs mis à part, je ne vois pas la sympathie très vive entre Bismarck et les Anglais : ceux-ci le lui ont bien montré lors du règne de Fré-

(1) Voir *The Period*, journal à portraits-charge coloriés, qui paraissait à Londres avant 1870.

JETÉS DEHORS. — Bismarck et Gladstone.

Moonshine, 5 avril 1890).

déric III. Les gravures de cette période ont une
nuance de satire qui n'échappe pas à l'œil de l'observateur.

Comme type, les Anglais ont dessiné deux sortes
de personnages : le reître botté, grand, plutôt
maigre, et le fonctionnaire gros et gras, serré dans
sa tunique d'uniforme représentant bien, aux côtés
du John Bull habillé aux couleurs britanniques,
une des faces de la force physique. C'est ce dernier qu'on a pu voir sur les allégories relatives aux
récentes affaires du Portugal. Mais le *Punch* lui-
même n'a pas eu toujours son type de 1871 : le
reître botté et casqué a fait place, vers 1878, au
type de Bismarck moitié militaire, moitié fonctionnaire, qui s'entend si bien à préparer les ren-
contres entre puissances amies. D'autres fois c'est
un chancelier démesurément grandi, colosse germain conçu par l'œil et par le crayon des Saxons.
Des pieds à la tête, du casque au sabre, en passant
par la cuirasse, tout indique bien le côté « ogres-
que » de la puissance germanique.

Voici le chancelier se retirant de la scène politique. Ici il faut admirer sans réserve les compositions anglaises, quelle que soit la forme donnée
à l'expression de l'idée graphique. Nulle part, le

sens de la retraite, de la démission, de l'abandon,
n'a été traduit d'une façon aussi élevée, aussi ca-

Fermeture.

Ah ! vous donnez congé, prince ! Il y a une boutique, à côté, que j'aurais bien aimé pouvoir fermer.

(*Judy*, 2 avril 1890).

Allusion de Gladstone à l'opposition.

ractéristique. Ce n'est pas un dessin d'actualité,
c'est encore moins une œuvre de satire dans la-

LE PILOTE CONGÉDIÉ

(*Punch*, 29 mars 1890.

quelle les passions du jour, les antipathies longtemps contenues se donnent libre cours. Plus que
jamais le mot « tableau humoristique », est celui
qui convient aux peintures crayonnées par les
habiles artistes des périodiques anglais. Ce pilote
abandonné, ce chien jeté dehors sous une pluie
torrentielle, ce bon commerçant mettant les volets
à sa boutique portent en eux je ne sais quel sentiment de profonde rêverie, quelle philosophique
constatation de l'inanité des grandeurs humaines.

Et quand on contemple ces images, surtout
quand on les compare aux caricatures de Vienne
ou de Berlin, on en arrive à se demander si les
Anglais, qui ont si comiquement travesti Napoléon Ier, n'ont pas toujours éprouvé vis-à-vis de
M. de Bismarck une sorte de crainte respectueuse,
d'admiration tacite, qui les a empêchés de se laisser
aller à leur humour habituel.

Peuple épris de développement physique, prati-
quant plus que tout autre la force musculaire,
n'est-ce pas justement, pour cela peut-être, que les
Anglais admirent en Bismarck le représentant d'une
race également forte, n'ayant pour les minorités et
pour les faibles qu'un respect tout à fait relatif?
Quand il s'agit de l'Angleterre, c'est-à-dire d'un

pays où l'art ne se conçoit pas sans une certaine pensée philosophique, il est bien permis de poser la question.

En tout cas, quelle que soit la raison de ce fait, après avoir parcouru années par années *Punch*, *Fun*, *Judy*, *Moonshine*, *Truth* et nombre d'autres illustrés, j'en suis encore à trouver sur M. de Bismarck, de l'autre côté de la Manche, ce qu'on peut réellement appeler une caricature.

Vignette du *Punch*.

XI

BISMARCK CARICATURÉ PAR LES SUISSES

Les caricatures antérieures à 1870. — L'affaire Blind et le *Postheiri*. — Les caricatures du *Nebelspalter*. — Bismarck phrénologique. — Bismarck vu chez lui sans être mêlé à la politique européenne.

En butte aux tracasseries de la police allemande, lors de l'affaire Wohlgemuth, la Suisse, dont l'attitude en cette occasion, fut si digne, si courageuse, à la fois exempte de peur et de bravades inutiles, très certainement va fournir, pensez-vous, tout un lot de caricatures sur cette actualité politique. Détrompez-vous, ce qui prédominera alors, c'est l'image allégorique et patriotique.

Mais ses anciens journaux illustrés n'ont été tendres ni pour la Prusse, ni pour Napoléon III. C'est en les feuilletant qu'on trouve encore quelque trace de l'affaire Blind, ce personnage qui, en 1866, tira sur M. de Bismarck, sans l'atteindre, quatre coups de pistolet.

Le *Postheiri*, une vaillante petite feuille d'autrefois, nous raconte par le menu, en vers et en images « moult » instructives, « comment il fut tiré sur une Excellence par un certain monsieur Cohn dit Blind, et comment le même le manqua misérablement. » Ce petit épisode d'histoire rétrospective a son intérêt, croyez-moi, car on verra « de quelle façon M. de Bismarck, ministre, aimé de tous, chacun sait ça, empoigna le criminel, ramassa les balles, autrement dit les « pois bleus » et les fit porter en triomphe, — tandis qu'on arrêtait le criminel. »

C'est le *Postheiri* qui, en 1870, demande un combat singulier entre Bismarck et Grammont, entre Guillaume et Napoléon ; c'est lui qui, en 1868, traitait « d'objets poisseux » les nouvelles bornes-frontières allemandes par lui surmontées du buste de M. de Bismarck ; c'est lui qui, voyant les États européens ruinés par le budget de la guerre, dira : « la bourse vide c'est la paix. »

La caricature, la satire illustrée ont toujours eu, en Suisse, ce côté social et humanitaire.

Stille Betrachtung.

»Da haben sie mir die Spitzel 'rausgeschmissen und dort bei dem hohen Thurm spitzeln sie über die Schmisse, die sie von mir erhalten haben. Soll man da nicht ärgerlich sein?«

RÉFLEXION IN PETTO

Ici (il s'agit de la Suisse, dont le nom figure au bas du dessin et qui jette par delà les frontières les agents du chancelier) ils ont mis mes « mouchards » à la porte, et là, au pied de la tour Eiffel, ils font de l'esprit avec les coups qu'ils ont reçus de moi. N'y a-t-il pas là de quoi devenir enragé?

(*Nebelspalter*, 15 juin 1889).

La légende allemande porte sur le double sens du mot: *spitzel*. Il y a là un jeu de mots qui disparaît à la traduction.

Le Bismarck vu par le *Nebelspalter* — le prin-

Comment un nommé Cohn dit Blind (aveugle), tira sur une Excellence, comment le dit Cohn fut arrêté, et comment l'Excellence montra triomphalement au peuple enthousiaste les « petits pois bleus » qui avaient failli trancher le fil de ses jours.

Arrêté par deux officiers de la garde, Cohn, triste plaisir, dut aller moisir à l'ombre. Heureusement, la bénédiction du Seigneur, cette bénédiction dont souvent les journaux se plaisent à raconter les effets, s'étendit sur le dit Cohn.

En prison, il sortit un rasoir de sa poche et se coupa la gorge. Mais son âme s'enfuit par la fenêtre, et gagna l'Amérique, pays des ressuscités.

M. de Bismarck montrant triomphalement les balles qui avaient manqué de l'atteindre.

(*Postheiri*, 19 mai 1866).

cipal organe contemporain — n'est ni botté, ni casqué. Il a la casquette à grande visière, il a l'ample redingote militaire ; la figure me paraît particulièrement ressemblante. Quelquefois, les caricaturistes insistent sur son côté de vieux grognard ; ils le vieillissent à plaisir, ils en font une sorte d'invalide de la paix forcée, gardant ses canons comme une lunette hors de service, ne servant plus qu'à voir les progrès de l'art civilisateur. D'un côté, Krupp ; de l'autre Eiffel.

D'autres fois, c'est, encore solide et bien portant, vieux bouledogue qu'il ne faudrait pas tracasser, si l'on tient à sa peau, le géant qui a créé l'Empire allemand.

Diplomate, on lui fait prendre toutes sortes de travestissements, et on peut le voir, comme ici, en mère noble, en vieille institutrice, ne manquant ni de dignité, ni de... virilité ! Mesdemoiselles, tenez-vous bien et ne regardez point les jolis garçons, même lorsqu'ils portent crânement l'uniforme français.

Avec ce je ne sais quoi de pensé, d'observé, cette caricature me plait. Humoristique, sans violences, elle indique bien l'esprit de neutralité qui est le propre de toutes les conceptions suisses.

Et puis, à côté de cela, elle a le sens des choses allemandes et du caractère de M. de Bismarck.

Die besorgte Erzieherin.

Directrice : »Gefälligst für sich schauen, meine Damen. Nur keine Zerstreuungen und Seitenblicke, wenn ich bitten darf!«

L'INSTITUTRICE PRÉVOYANTE

Regardez devant vous, mesdames, s'il vous plaît. Pas de distractions ni d'œillades, je vous prie.

(*Nebelspalter*, 26 octobre 1889).

Les deux demoiselles quelque peu moustachues que Bismarck conduit en institutrice attentive, sont l'Autriche et l'Italie.

Une petite vignette du *Nebelspalter* est souvent
une page d'histoire. Témoin ce simple dialogue
entre Lui et Elle, entre le prince et la princesse.
Le chancelier enfile ses bottes, et le dessin porte
pour légende : « Ciel, Otto, les grandes bottes !
Serait-ce la guerre? — Non, pire : le Landtag
prussien. » Voilà qui est nature, voilà qui, aisément, se passe de tout autre commentaire. Avec
cette seule vignette, avec ce seul mot on juge
l'homme et ses conceptions parlementaires.

Le dessinateur du *Nebelspalter* a également
conçu un Bismarck phrénologique, fumant paisiblement une pipe ornée du portrait de son cher
Herbert. Les Italiens ont affectionné ce genre que
nous avons vu fleurir à certaines périodes de notre
histoire ; mais le Bismarck à la tête meublée de
personnages qu'on peut voir ici est bien calme,
bien bourgeois, bien « philistin », comparé au
Bismarck conçu par Belloguet en quelque sangui-
naire vision.

Et celui qui verrait la caricature suisse évoquant
aux côtés du puissant Chancelier tout un passé
héroïque, allant de Guillaume Tell à Winkelried,
du « tireur à la pomme » au « chevalier empoignant les lances ennemies et les arrêtant sur sa

poitrine », celui-là se tromperait fort. Elle considère avant tout Bismarck sous un aspect comique et s'abstient à son égard de toute fanfaronnade graphique, ne voulant pas, avec raison, éveiller les susceptibilités de la Chancellerie impériale, à propos de simples dessins.

Elle paraît être, aujourd'hui, moins internationale que la caricature italienne, non qu'elle ne s'occupe de la France et de l'Allemagne, mais elle vise les personnages et point la politique dans ses généralités. Bismarck, qu'elle représente avec humour, Carnot, pour lequel elle est pleine de respect, Boulanger qui, d'emblée fut conspué par elle, apparaissent ainsi, isolément, à propos d'incidents locaux. Elle ne va pas plus loin que la Triple alliance, et laisse le *Papagallo* mener sous la conduite de Bismarck le concert européen.

Pour elle, le Chancelier est, définitivement, dans la fameuse « armoire aux retraités ». Elle pouvait se venger sur lui par le crayon des désagréments de l'affaire Wohlgemuth. Disons à son honneur qu'elle ne l'a point fait, préférant l'enterrer sans fiel. Et c'est ainsi qu'il est joyeusement mené au champ du repos par le *Nebelspalter* à Zurich, par le *Carillon* à Genève.

SOUVENIRS VIVANTS. — Composition de Boscovitz.

(*Nebelspalter*, 2 mars 1889).

Au haut du crâne, M. de Bismarck étendant les mains sur l'Afrique
et sur l'Amérique. Le drapeau que tient un marin forme une mèche de
cheveux. Le nez est un Prussien, vu de dos, tenant par le bras l'Italie
assise sur la France, laquelle constitue la moustache du Chancelier.
Sur le menton, on lit : *Trésor de guerre*. Les deux personnages assis
l'un devant l'autre, contre l'oreille, sont le pasteur Stœcker et Lieb-
knecht. Les autres sont Morier, l'ambassadeur à Londres, et Richter.

LE GÉANT

Je deviens vieux, disent-ils. Cependant je conduis toujours l'un par la main et je porte l'autre (Herbert Bismarck) sur les épaules. Qui donc ferait plus ?

(*Nebelspalter*, 16 novembre 1889).

Caricature de H. Jenny, un des plus anciens et des plus féconds caricaturistes suisses.

17

Porté en terre sur « quatre fusils z'à aiguilles »,
il ne sera plus l'horloger breveté des Puissances
européennes. Ces hautes et nobles dames ont
changé de fournisseur, ne voulant pas se régler
plus longtemps sur l'heure de Berlin.

Pauvre Bismarck, dit le *Nebelspalter*, plus
d'aiguilles de montres, plus d'aiguilles de fusil,
plus de politique à aiguille. Mais, par contre, que
de cuisantes épingles !

Vignette du *Postheiri*.

XII

CARICATURES RUSSES, POLONAISES, ESPAGNOLES, HOLLANDAISES, PORTUGAISES.

Physionomie des caricatures slaves sur M. de Bismarck. — Le Chancelier transformé en bon bourgeois hollandais. — Silence complet de la Belgique. — Le Bismarck en escargot de Pinheiro.

Les Slaves ont-ils caricaturé Bismarck, les Slaves qui, depuis plusieurs années, ont clairement manifesté le désir de s'émanciper de toute influence allemande, dans l'administration et dans les arts ?

A cette question, que bien des gens ont pu se poser, je réponds par la publication des images qui prennent place ici.

Ces images, qu'elles proviennent de Cracovie ou

de Saint-Pétersbourg, ont une saveur particulière ; elles sont slaves.

Polonaises, elles présentent un certain cachet hiératique, féodal, chrétien ; elles popularisent un Bismarck reconnaissable à ses trois cheveux ou au casque prussien, mais rappelant par d'autres côtés de sa physionomie générale le soudard polonais, le chevalier de l'Ordre Teutonique. Si elles ne dédaignent point l'actualité comme sujet, on ne trouve aucune préoccupation semblable ni dans la facture, ni dans la façon de mettre en scène l'événement du jour. La petite vignette, le reportage graphique, sont pour les gens de Cracovie chose inconnue.

Mais que la Mort se présente, comme ici, la Mort toujours souveraine, au rictus éternel, et les procédés du dessin permettront d'établir quelques rapprochements avec un lavis ancien. Dans l'Allemagne elle-même, dans le pays de l'antique Danse des Morts, pareille idée, aujourd'hui, n'oserait plus être invoquée par l'image qui vit d'actualité ou recherche les rapprochements comiques. Les crayons des dessinateurs polonais, au contraire, peu intéressants en d'autres circonstances, se présentent ainsi sous un aspect local plein de saveur.

BISMARCK ET LA MORT

— Jacquot, va-t-en chez le maire (locution proverbiale répondant assez exactement à notre : Va te faire f...).

— O la plus belle des Reines, permets-moi de rester ici jusqu'à ce que j'aie pu reconquérir le cœur de l'Angleterre.

Gravure extraite du *Djabel* — *le Diable,* — journal polonais paraissant à Cracovie, mars 1889.

Qu'elle soit aux mains des Allemands ou des Russes, ni à Saint-Pétersbourg, ni à Moscou, la caricature politique ne revêt cette forme hiératique.

Courte histoire d Otto de Bismarck.

Il était tel.   Il est devenu tel.   Et le voici tel.

Les inscriptions sur le dessin du milieu sont les noms des grandes Puissances : la tente, c'est la Prusse, et l'écriteau placé à l'entrée veut dire : Gardien. Sur les bottes du ministre déchaussé, on lit : « Anglia (Angleterre) ». Et l'écriteau de Bismarck partant, porte : Duc de Lauenbourg.

(*Strekoza* — *la Cigale*, de Saint-Pétersbourg, — 8/20 avril 1890.)

Autant les journaux purement humoristiques se confinent dans la représentation fidèle des mœurs et des types locaux ; autant les journaux satiriques, et cela pour une raison qu'il n'est pas besoin d'expliquer davantage, se plaisent aux événements extérieurs. Et naturellement, c'est le voisin germanique qui y tient la première place.

A l'égard de M. de Bismarck, l'image paraît être sans hostilité accentuée : purement gouailleuse, c'est presque en se jouant qu'elle salue le départ du Chancelier. Même plusieurs de ses compositions rappellent le fameux : « Bon voyage, monsieur Dumollet ». Mes amis, portez-vous bien, la farce est jouée, je m'en vais emportant avec moi l'affection désintéressée de Tyras. Brave chien qui, respectueux des ivoires, lèche le crâne « à son maître ».

Comme type, ce Bismarck est parfait : seule, peut-être, la casquette indique son origine russe. A certaines époques, lorsque les rapports entre les deux grands Empires pouvaient faire craindre un conflit, l'image suivit la plume et, sans être agressive, se montra cependant plus satirique à l'égard du Chancelier. Enfin, dernière observation, il est très rare de voir Bismarck figurer sur un journal russe avec des personnages d'un rang supérieur au sien, tant la hiérarchie tient ici sa place.

Bref, image assez artistique, et souvent pleine d'esprit, quoique ne pouvant se mouvoir que dans un cadre restreint.

Et, pour finir, que dire des autres nations ?

PRINCE DE BISMARCK-SCHŒNHAUSEN

Adieu, enfants, portez-vous bien.

Sur le bras du mannequin, on lit : « Friedrichsruhe ». L'inscription « 3 volosk » sur la gibecière, veut dire: les trois cheveux » et la
banderole enroulée autour du bâton, porte: *l'épouvantail de l'Europe.*

(*Strekoza*, 17/30 mars 1890)

Il est un pays, la Hollande, qui, jadis, fut le
grand maître de la satire illustrée. Eh bien ! en ce
pays qui lançait contre Louis XIV tous les burins indépendants du dix-septième siècle, deux
seuls journaux se permettent parfois quelques
lithographies d'un pénible travail. Par exemple,
c'est bien local, plus local que la Russie. Le Bismarck que traduisent les pierres du *Nederlandsche
Spectator* est une sorte d'adaptation hollandaise au
moyen du crayon. Et adieu les trois cheveux; cette
fois, c'est bien réellement le poli de l'ivoire. Un
bourgeois de Haarlem vivant modestement chez lui.

Quelquefois, en ces compositions, apparaissent
les figures historiques du pays : on peut voir ainsi
à propos des affaires coloniales allemandes, Erasme,
Rubens, de Ruyter, prendre place aux côtés de Bismarck, et, chose singulière, le crayon revêt une certaine allure lorsqu'il s'agit de dessiner ces personnages.

En tout cas, ceci est à noter, les Hollandais n'ont
pas la compréhension du vrai Bismarck : ils ne
voient qu'un Bismarck hollandais.

Il est un pays, la Belgique, qui, il y a trente ans,
avait un merveilleux journal, *Eulenspiegel*, dans
lequel un artiste non moins extraordinaire, Rops,

exécutait de précieuses lithographies satiriques.
Aujourd'hui, ce pays n'a plus qu'une ombre de caricature politique, et il n'ose pas crayonner Bismarck. Certaines gens, — des mauvaises langues, sans doute, — disent que si des caricatures paraissaient sur l'homme d'État allemand, elles seraient immédiatement saisies. Je veux bien ne rien en croire et ne voir en cette pauvreté « bismarckienne » des crayonneurs belges qu'un signe de la parfaite indifférence témoignée par l'esprit public à l'égard du Chancelier ; mais, c'est égal, ien, c'est beaucoup.

Pour une fois, sais-tu, on eût pu se montrer plus loquace, graphiquement parlant.

Il est un pays, l'Espagne, qui a eu, de 1867 à 1872, des maîtres caricaturistes. Malheureusement nombre de ces artistes, par suite des événements qui ont troublé si souvent la péninsule ibérique, ont dû émigrer, et sont venus principalement en France. Certains y vivent toujours ; d'autres y sont morts. Et l'Espagne, toute à ses journaux d'études de mœurs et de courses de taureaux, se désintéresse de la grande satire sociale (1). Avant 1870, ses

(1) Il n'existe plus guère à Madrid qu'un seul journal à caricatures politiques : *El Motin*.

LE TRAITÉ SUR LA PROPRIÉTÉ LITTÉRAIRE

Prince de Bismarck. — Dois-je payer?

Ministre Heemskerk (ministre des affaires étrangères en Hollande). — Votre Altesse peut facilement régler en ne parlant plus du traité sur la propriété littéraire.

(*Nederlandsche Spectator*, 1886).

Le ministre Heemskerk vient de servir à Bismarck un saumon coupé en deux, c'est-à-dire moitié allemand, moitié hollandais, la Hollande réclamant une indemnité de l'Allemagne pour le droit de pêche dans le Rhin hollandais. De son côté, l'Allemagne voulait obtenir de la Hollande un traité sur la propriété littéraire, empêchant la traduction des publications allemandes, ce qui ne faisait point l'affaire des éditeurs hollandais. C'est ce qu'explique la gravure du *Spectator*.

crayons avaient Napoléon III ; aujourd'hui, pour qu'ils s'occupent de l'homme de la candidature Hohenzollern, il faut des événements qui touchent de près au pays, comme l'affaire des Carolines en 1885.

Plus remuant, plus indépendant, plus imbu d'idées démocratiques, le Portugal fournit à l'iconographie bismarckienne quelques petites pièces. Il a, du reste, un caricaturiste à l'esprit plein de fantaisie, Raphaell Bordallo Pinheiro, qui a semé d'amusantes images les journaux du pays (1). Son Bismarck en escargot, coiffé à la chinoise, est une trouvaille : un tel animal manquait à l'arsenal du comique.

Grèce, Suède, Norwège, de ci de là, un Bismarck sans grand caractère, un Bismarck plus ou moins reconnaissable, revêtant tous les costumes, depuis la cotte du pêcheur jusqu'aux amples culottes turques, un Bismarck coiffé du fez. Et c'est tout. Mais jusqu'aux derniers confins de l'image, par-

---

(1) Bordallo Pinheiro, qui publie actuellement le journal comique *Os Pontos nos ii* (Les points sur les i) est un artiste de très haute envergure qui dirige à Lisbonne une grande manufacture de faïences décorées produisant des pièces genre Bernard Palissy.

tout où le rire est permis, partout où l'actualité se traduit sous la forme graphique, règne un écho plus ou moins affaibli de l'ex-Chancelier de fer passé à l'état de retraité de Friedrichsruhe.

Caricature portugaise (1).

(1) Ce Bismarck est extrait d'une amusante publication sur le voyage de l'empereur du Brésil en Europe, parue à Lisbonne en 1872.

XIII

BISMARCK CARICATURÉ PAR LES AMÉRICAINS

Particularités de la caricature américaine. — M. de Bismarck considéré au point de vue des affaires européennes. — M. de Bismarck dans les questions nationales ou locales. — Emprunts à la caricature politique des autres pays. — Bismarck partout.

Si l'Angleterre, en son île, est déjà facilement parvenue à se désintéresser plus ou moins des affaires du reste de l'Europe, que dire de l'Amérique?

Toutefois, composé d'éléments divers se rattachant aux deux grandes familles latine et germanique, le nouveau continent n'a pas perdu toute trace des races originelles. D'où certaines sympathies, certaines antipathies nettement affirmées au delà des mers.

Donc, croire que les États-Unis dans leurs journaux à images ne s'occupent jamais de Bismarck
serait commettre une grosse erreur, mais ils s'en
occupent à leur façon, c'est-à-dire à propos d'un
gros événement, ou bien lorsqu'il se trouve mêlé
d'une manière quelconque à leurs intérêts économiques et industriels : les seuls que connaissent
les Américains.

Et comme, à quelques exceptions près, les journaux illustrés sont aux mains des Allemands, il est
facile de conclure. Dessinateurs et publicistes,
chaque fois qu'une raison commerciale — question de porc ou d'art, peu importe — ne les force
pas à être Américains intransigeants, tous mani-
festent, au point de vue européen, des sympathies
germaniques très nettement accentuées.

A New-Yorck, la caricature est un peu partout,
dans les journaux en couleurs, *Puck* ou *Judge*,
dans les grands illustrés, comme *Frank Leslie*,
dans les journaux populaires, comme *Police
Gazette*. L'humour a son petit coin, si elle ne
s'étale pas le long des pages. Du reste, Jonathan
entend bien rire quelque peu aux dépens du Chancelier. Il l'affuble d'une façon grotesque, appendant
des *bretzel* (le petit pain en 8) à sa casquette,

Quand nous nous rencontrons dans la rue, nous ne nous
saluons jamais.

Frank Leslie's Illustrated, 1er mars 1884.)

Le président Arthur faisant amende honorable.

Je suis désolé que pareille chose soit arrivée, mais cela ne se repré-
sentera plus : en attendant, je vais vous débarrasser de la présence de
Sargent.

(*Frank Leslie's Illustrated*, 5 avril 1884.)

remplissant ses poches de saucisses, mettant des chopes en guise de pieds aux chaises sur lesquelles il trône, métamorphosé suivant la doctrine égyptienne en animal. Et c'est presque toujours en cochon plus ou moins gras à lard qu'il apparaît.

Le voici, d'après le *Puck*, en homme-locomotive, broyant tout sur son passage ; en éléphant soulevant triomphalement dans sa trompe Alphonse, le roi uhlan ; en clef, ouvrant toutes les portes, passe-partout diplomatique ; en crocodile, prêt à tout engloutir dans sa gueule formidable. D'habitude fort ressemblant, d'autres fois transformé en un personnage gros et lourd, vulgaire charcutier ou débitant de boissons. Il existe même de lui des images en yankee, en nègre, et rien n'est drôle comme ce Bismarck en favoris ou en *ministrol*.

Ceci, c'est la caricature courante, « ne portant pas à conséquence, » si l'on peut s'exprimer ainsi, la caricature s'amusant à illustrer des événements européens.

Mais qu'il se présente quelque fait purement américain, mettant en présence les États-Unis et l'Allemagne ; l'allure des compositions tout aussitôt se modifiera. L'affaire des îles Samoa donna

M. BAYARD DEVANT LE PRINCE DE BISMARCK

Question des îles Samoa. — (*Daily Graphic*, 28 décembre **1888**).

M. Bayard est l'ancien vice-président du Sénat américain.

lieu ainsi à une nombreuse éclosion d'images. La
presse illustrée traduisit en termes non équivoques
le sentiment public. Voyez comme le *Daily*

Le compère de Bismarck.

Maintenant je suis plus grand que vous.

Caricature de F. Grætz (*Puck*, 28 novembre 1883), d'après l'original
en couleur.

Allusion à l'incident provoqué par la visite d'Alphonse XII à Berlin.

Graphic nous montre, en la personne de M. Bayard,
l'Amérique s'aplatissant devant ce colosse à la cuirasse en tonneau qui a quelque chose des carica-

tures anglaises sous Cromwell, devant cette puissance germanique au sabre si tranchant.

Quand il s'agit des nègres d'Haïti, M. Bayard se grandit démesurément et étreint dans sa main le pauvre noir comme quelque vulgaire insecte.

Mais la caricature aux États-Unis, c'est un monde dans lequel il n'y aurait pas grand intérêt à pénétrer, lorsqu'il s'agit d'une figure européenne. Chicago, San-Francisco, Baltimore, Philadelphie, toutes les villes ont leurs journaux illustrés, à la fois sérieux et humoristiques (1) : elle-même, la presse quotidienne fourmille de vignettes. De là, une caricature purement locale, dans laquelle on est quelquefois surpris de voir apparaître M. de Bismarck. Dans les questions religieuses, la plupart des cités catholiques ont pris parti contre lui. Très orthodoxes, elles en sont arrivées à le considérer comme un mauvais génie, comme le suppôt de Satan. Et c'est ainsi qu'on peut le voir ici se préparant à déboulonner l'Église Saint-Pierre, à Chicago, dessiné par un crayon français, alors en

---

(1) Le fameux bar de Chicago, malheureusement incendié, dont j'ai reproduit plusieurs peintures dans mon volume *Raphaël et Gambrinus* (1886), contenait également une grande caricature murale de M. de Bismarck.

Satan. — Qu'allez-vous faire, Bis ?

Bismarck. — Détruire cette Eglise.

Satan. — Ceci, je l'ai essayé toute ma vie. Si vous y parvenez, je vous donne ma confiance.

Caricature de Félix Régamey dans la *Presse* de Chicago (1875).

Amérique : j'ai nommé Félix Régamey. Luther maudit par l'orthodoxie américaine, voilà qui est certainement curieux !

Bismarck chancelier des îles Samoa, Bismarck antechrist ! Ne voyez dans tout cela qu'un écho des luttes de parti et qu'une pure manœuvre locale.

En 1870-1871, lors de la guerre franco-allemande la caricature américaine resta neutre : comme *Frank Leslie*, qui reproduisit la gravure du *Punch* de Londres figurant ici même (1), elle se contenta d'emprunter aux journaux anglais et allemands leurs images. En temps de paix, toujours en vertu du même principe, on pille les *Fliegende Blætter* et le *Journal amusant*.

L'Amérique du Sud, qui, elle aussi, a ses journaux satiriques, ne porte pas le Chancelier dans son cœur, et j'ai sur lui sous les yeux nombre de compositions vengeresses ; malheureusement, de ressemblance point. C'est un Prussien, c'est un ogre, ce n'est point l'homme aux trois cheveux.

Et de temps à autre, en Afrique ou à la Nouvelle-Australie, à Pékin ou dans quelque colonie

(1) Voir la gravure de la page 229.

anglaise, on voit paraître sur papier de riz des journaux comiques avec un Bismarck. Lui-même, le Cheikh Abou Naddara (1) dans ses feuilles destinées à prêcher aux Égyptiens la révolte contre l'influence anglaise, n'a pas oublié « mein lieber Bismarck ».

Ah ! vraiment, comme dit la chanson de 1867 :

> Un homme veinmarck,
> C'est monsieur de Bismarck.

(1) Pseudonyme de James Sanua qui veut dire : « L'homme aux lunettes », et qui fut également le titre du journal arabe comique dirigé contre l'ex-khédive et sa politique, ainsi que contre son fils Tewfick. Les Anglais appellent cette feuille qui a dû changer de nom plusieurs fois un « Punch arabe », *Arabic Punch*.

Vignette de l'*Abou Naddara*.

DOCUMENTS

POUR SERVIR A

L'ICONOGRAPHIE DE M. DE BISMARCK

———

FRANCE

Portraits-charge et caricatures de 1867 à 1890.

LA LUNE

7 avril 1867. *M. de Bismarck*, par Gill. (Voir la reproduction, p. 157.)

LE PHILOSOPHE

28 septembre 1867. *La légende de l'Ogre et du Petit Poucet* (Bismarck, assis, aiguisant son couteau), par Gilbert-Martin.

L'ÉCLIPSE

24 juillet 1870. *Le Roi s'amuse*, par Mobb (Bismarck tenant devant le roi de Prusse un petit jeu de soldats prussiens).

1ᵉʳ août 1870. *Chaussures nationales*, par Gill (Bismarck chausse ses bottes, et le petit soldat français les sabots de la Moselle).

Portrait-charge pour la suite : *Marrons sculptés*, par de Frondas (Bismarck est assis sur un amoncellement de crânes).

Portrait-charge dans la suite : *Pilori-Phrénologie*, par Belloguet. (Voir la gravure reproduite p. 175.)

LA CHARGE

16 juillet 1870. *Bismarck et le général Prim,* par Alfred Le Petit. (Sur le devant se tient Napoléon III en chat, et la légende porte : « N'éveillons pas le chat qui dort. »)

———

Portrait-charge par Moloch dans le *Trombinoscope.*
Portrait-charge par Spolski dans la *Journée* (1886). — Voir la gravure, page 191.
Portrait-charge par Luque dans le *Figaro illustré* de 1884-85.

———

Pour toutes les pièces sur Bismarck pendant la Guerre, le Siège et la Commune, voir le volume publié par M. Quentin-Bauchart : *La Caricature politique en France* (1870-1871).

LE PILORI (*Caricatures de J. Blass*).

23 janvier 1887. *Le torero Bismarck.* (Il dompte le taureau Reichstag.)
20 février 1887. *L'acte des reptiles* (Bismarck en charmeuse de serpents).
27 février 1887. *Seize ans après !* à propos des élections au Reichstag (Bismarck, cloué à un poteau, a le corps percé par les flèches des députés protestataires.)
19 juin 1887. *Français quand même !* (Bismarck, en soudard, voulant faire danser l'Alsace et la Lorraine).
9 octobre 1887. *Un petit acompte,* affaire de Vexaincourt (Bismarck a ouvert la caisse aux valeurs, et l'empereur Guillaume compte l'argent).
8 janvier 1888. *Trop dure, la fève !* (Bismarck découpe le gâteau France et se casse les dents en avalant la fève).
12 février 1888. *Ksss ! Ksss !* (Bismarck lançant deux chiens, l'Autriche et l'Italie, contre la France et la Russie).
18 mars 1888. *Méditations* (Bismarck devant le cercueil de l'Empereur).

LA JEUNE GARDE (*Caricatures de Kab et Germinal*).

27 juin 1886. *La fin d'un royaume* (Bismarck précipitant Louis II dans le lac de Starnberg), par Kab.

19 septembre 1886. *Question extérieure* (Bismarck avec l'Empereur et de Moltke; sur le devant, Herbette), par Kab.

16 janvier 1887. *Quand ces beaux pompiers* (Bismarck, l'Empereur et de Moltke), par Kab.

10 avril 1887. *L'œuf de Pâques* (Bismarck, en moutard, recevant un œuf d'où sort Boulanger), par Germinal.

5 juin 1887. *Boum!!! Voilà!* (J. Ferry apportant à Bismarck le ministère Rouvier), par Germinal.

26 juin 1887. *Les nuits de Bismarck* (Bismarck, dans son lit, voyant surgir des apparitions), par Germinal.

18 septembre 1887. *Le général Bréart* (il sert à Bismarck la mobilisation), par Germinal.

2 octobre 1887. *Le Nemrod teuton*, par Germinal.

9 octobre 1887. *Sympathique entrevue* (l'Italie b... le derrière à Bismarck), par Germinal.

29 janvier 1888. *Venez mes petits !* par Chicot (Bismarck appelant des oiseaux tricolores).

18 mars 1888. *Demain?* par Tartarino (Bismarck consultant le Sphinx).

1er juillet 1888. *Fœtus Imperator* (Bismarck traînant le jeune empereur monté sur un cheval de bois), par Tartarino.

2 septembre 1888. *Quichotte-Bismarck et Rossinante-Crispi*, par Tartarino.

21 octobre 1888. *La Deutsche Rundschau et Bismarck*, par Peyve.

11 novembre 1888. *En retraite* (Bismarck avec deux corbeaux rouges de sang), par Tartarino.

26 mai 1889. *Le colosse d'argile* (Des ouvriers démolissant sa statue), par Tartarino.

LE DON QUICHOTTE (*Caricatures de Gilbert-Martin*).

29 janvier 1887. *Kiss! Kiss!* (L'Angleterre, sous les traits connus, excitant Bismarck et Boulanger, figurés en chiens de faïence).

31 décembre 1887. *Etrennes pour 1888* (Bismarck en joujou : un chien savant tenant une épée dans la gueule et battant du tambour.)

14 février 1888. *La grande pieuvre* (Bismarck). Dans le fond, une carte d'Europe sur laquelle deux femmes, représentant la France et la Russie, se donnent la main.

18 février 1888. *Pour leur arc de triomphe*, imitation du bas-relief de Rude : *Le Chant du Départ* (la Mort en guise de Victoire, Bismarck, l'Empereur et de Moltke).

17 mars 1888. *Être ou ne plus être* (Bismarck en Hamlet, à propos de l'avènement de Frédéric III).

31 mars 1888. *Celui qui la trouve bien bonne* (Bismarck riant aux éclats en apprenant que Boulanger a été expulsé de l'armée).

9 juin 1888. *Gymnastique hongroise* (Bismarck, dans le fond, faisant sauter Tisza à travers un cerceau).

23 juin 1888. *Entre deux airs* (Bismarck en dragon ailé, vomissant feu et flammes, entre la Paix qui joue de la flûte et la Guerre qui joue du clairon).

6 octobre 1888. *Toisé* (Frédéric III, ses Mémoires en main, faisant descendre Bismarck au plus bas de la toise).

18 mai 1889. *La peine du talion* (Bismarck ayant devant lui la pieuvre de la question sociale).

1er juin 1889. *Le voyage à Berlin* (Crispi et Humbert râclant du violon devant Bismarck et l'Empereur).

1er mars 1890. *Situation critique* (Bismarck soutenant de ses deux épaules les roches qui lui tombent dessus et sur lesquels on lit : « Elections au Reichstag, Socialisme. »).

29 mars 1890. *Le Diable qui se fait ermite* (Bismarck, lavé à grande eau, se préparant à revêtir la robe de bure que lui présente l'Empereur).

5 avril 1890. *Le successeur de Bismarck* (Caprivi jouant avec Bismarck à saute-mouton).

LE GRELOT (*Caricatures de E. Pépin*).

15 mai 1887. *Un nouveau truc* (Bismarck tendant des filets à la frontière, pour prendre les poules).

8 janvier 1888. *Bismarck-Borgia* (Il verse de l'acide prussique dans un clysopompe).

19 février 1888. *Le prince Fracasse* (Bismarck en soudard, chope en main ; l'Autriche et l'Italie lui cirent les bottes).

2 mars 1890. *Le Carnaval à Berlin.— Bismarck et l'hydre de l'anarchie* (les trois têtes représentent la France, la Russie et le Socialisme).

LA SILHOUETTE

12 février 1888. *Les obsessions de von Bismarck*, par Lamouche (série de petites vignettes : Bismarck voyant Boulanger partout).

9 février 1890. *Prussailleries*, par Moloch (série de petites vignettes : Bismarck et l'Empereur).

23 mars 1890. *Monsieur Bismarck est mort*, par Moloch.

6 avril 1890. *Adieux touchants* (Petites vignettes : Bismarck prenant congé de Guillaume), par Moloch.

18 mai 1890. *Chiens de faïence* (Bismarck et l'Empereur), par Moloch.

LE TROUPIER

1890, n° 129. *Attention ! Bismarck démissionne* (Bismarck s'en va, emportant avec lui la paix sur son dos), par Gustave Frison.

LA NATION, *journal quotidien (Caricatures de Gilbert-Martin).*

25 février 1888. *L'élève fait honneur à son maître* (Bismarck dictant à Crispi : incident de Florence).

10 février 1888. *— Une mère ne ferait pas davantage.* (Voir la gravure, p. 186).

8 juin 1888. *Hanneton, vole, vole, vole !* (Bismarck couché à la frontière, tenant en main le hanneton Tisza).

LE PETIT NATIONAL, *journal quotidien (édition illustrée).*

31 juillet 1888. *Mélodrame sifflé au théâtre des Nations* (Bis-

marck, en ogre, empoignant l'enfant de la reine Nathalie), par Tiret-Bognet.

23 août 1888. *A Friedrichsruhe.* (Bismarck, colosse accoudé, tenant Crispi entre ses bras et lui montrant la souricière dressée), par Tiret-Bognet.

20 août 1888. *La jeune Italie.* (Une petite fille en costume napolitain fumant la pipe des « provocations » sur les genoux de Bismarck en colosse), par Tiret-Bognet.

LE TRIBOULET. (*Caricatures de Blass et Roland.*)

23 janvier 1887. (Voir la gravure p. 173.)

6 mars 1887. *Maintenant que j'ai obtenu mon Septennat, je vais remiser mes petits joujoux*, par Kab.

5 juin 1887. *Bismarck mélomane.* (Il joue de l'orgue pour faire manœuvrer le futur empereur.)

10 avril 1887. *Bismarck trouve que ses œufs de Pâques sentent trop les œufs d'esturgeon.* (Affaire Katkoff.)

3 juillet 1887. *Bismarck et Déroulède* : On se demande lequel des deux est notre pire ennemi ?

9 octobre 1887. (Voir la gravure p. 182.)

15 janvier 1888. *Bismarck sautant sous un envoi de dynamite*, par Roland.

29 avril 1888. *L'impératrice d'Allemagne enjôlant Bismarck pour que sa fille puisse épouser le Battenberg de son cœur.*

27 mai 1888. *La défaite de Bismarck par Cupidon*, par Roland.

22 juillet 1888. *Bismarck au belliqueux Guillaume.* (Ce dernier est monté sur un cheval de bois.)

7 octobre 1888. *Le mort qui parle*, par Roland. (Frédéric III sort du tombeau, « ses Mémoires » en main.)

16 décembre 1888. *Bismarck chaussant la botte italienne que lui essaie Crispi*, par Willette.

16 septembre 1888. *Une leçon de mandoline chez M. de Bismarch.*

ÉTRANGER

PAPAGALLO, à Bologne.

20 janvier 1878. *Les treize pensées : soliloque d'une grande tête.* Tête de Bismarck avec la boîte crânienne ouverte et treize petits sujets intérieurs.

1 août 1880. *Période sombre.* Grosse tête de Bismarck à mi-corps. Des petits personnages représentant diverses puissances lui grimpent dessus.

PASQUINO, à Turin.

1866. Portrait-charge dans la série des « Contemporains illustres », par Téja.

Voir les collections du *Kladderadatsch*, des *Lustige Blætter*, du *Schalk*, du *Ulk*, des *Wespen* à Berlin.

Voir les collections du *Figaro*, du *Floh*, des *Humoristiche Blætter*, du *Kikeriki* à Vienne.

Portraits sur des couvertures.
(Plaquettes et livres.)

Récits patriotiques, par Villemer (avec portraits de Bismarck sur les couvertures) :

1° *L'assassin de Bismarck*, dit par M. Taillade de l'Ambigu.

2° *Lettre d'un espion prussien à son patron Bismarck*, dit par M. Marais de la Porte Saint-Martin.

3° *Le perroquet de Bismarck*, dit par M. Laray, de l'Ambigu.

4° *Lettre à mon vieil ami Bismarck*, dit par M. Marais.

Affiche illustrée pour : *Histoire publique et privée du comte de Bismarck*, par Jules Fréval. L'affichage n'en a pas été autorisé.

Bismarck-Intime. (L. Westhausser, éditeur). Sur la couverture, portrait de Bismarck assis à sa table de travail.

Le Petit Pioupiou. (G. Edinger, éditeur.) La couverture de cette publication hebdomadaire (à partir du n° 30), représente un pioupiou français, crayon et plume en bandouillère, faisant le pied de nez à Bismarck qui serre les poings et tombe à la renverse.

Portraits publiés dans les journaux illustrés.

Revue Illustrée (octobre 1887.) Portrait en pied sur la couverture, dessiné par G. de la Barre. Chapeau mou, canne à la main, vêtu d'un ample caoutchouc, avec ses deux chiens à ses côtés.

Illustration (22 mars 1890). Buste, de côté, tête nue tournée à droite, gravure sur bois par Thiriat.

Univers Illustré (29 mars 1890). En pied (mi-jambes), tête nue et tournée à gauche, d'après le portrait peint par Franz Lenbach.

Monde Illustré (29 mars 1890). A mi-corps, de trois quarts, casquette sur la tête, dessiné par Gaston Vuillier. (Voir le portrait reproduit p. 5).

Petite Revue (5 avril 1890). Croquis humoristique d'après Menzel. Tête de côté tournée à droite.

Musée des Familles (1er juin 1890). A mi-corps, tête de côté tournée à droite, coiffé de la casquette, d'après les toutes récentes photographies. C'est un Bismarck très vieilli.

Objets fabriqués par l'industrie française en 1870.

Sans parler des sous à l'effigie de Napoléon III que des graveurs se sont amusés à transformer de toutes les façons, et notamment en Bismarck, l'industrie a fabriqué en 1870 et 1871, de nombreux objets dits articles de Paris, bagues et boutons de manchettes, dont les modèles provenant de la collection Liesville se peuvent voir au musée Carnavalet. Ces objets ont généralement de 2 à 3 centimètres de diamètre. En voici la description :

Boutons ou plaques cuivre genre boutons.

La Mort, faulx en main, entre Bismarck et Guillaume.

La France en cocodette, assise à une table, devant une bouteille et esquissant un pied de nez à Bismarck qui lui fait la cour. Légende : *Nix tric trac*.

Bismarck jouant de l'orgue. Sur l'instrument on lit : *Sautez pour le roi de Prusse*. Devant lui, l'empereur exécute des tours avec un cerceau.

Bismarck avec une seringue en main. Légende : *12 coups à la minute.*

Bismarck, tête nue, fouet en main, flagellant l'Alsace et la Lorraine représentées par deux femmes assises, appuyées sur leur bouclier.

Petite tête avec la légende : « Prinz Bismarck » au revers d'un « Thiers chef du pouvoir exécutif. »

Pipes en terre.

Les trois maudits, Bismarck, Napoléon, Guillaume. Le culot représente une tête de République, bonnet rouge, soutenue par une banderolle sur laquelle se lit la légende.

Objets divers fabriqués en Allemagne (1890).

Chope à bière avec portrait de Bismarck sur le couvercle. (Porcelaine émaillée.)

Porte-cartes carré, cuir, avec 4 portraits médaillon, en repoussé, représentant : — sur les plats extérieurs, Guillaume et Bismarck ; — sur les plats intérieurs, Frédéric III et l'empereur actuel. Audessous de chaque personnage, devise et signature. Sous le buste de M. de Bismarck, sans médaillon, et coiffé du casque à pointe (figure suivant le type de 1871) on lit la fameuse déclaration : *Wir Deutsche fürchten Gott, sonst Nichts in der Welt!*

Essuie-plume avec dessus en cuir : portrait de M. de Bismarck, tête nue, entourée d'ornements. (Voir la vignette de la page 296).

Chope en grès polychrome avec couvercle en étain. Personnage à gros ventre ayant la figure de Bismarck.

Casse-noix en bois sculpté. Tête de Bismarck à la charnière. La noix est introduite dans la bouche qui s'ouvre et se ferme pour broyer le fruit. (Objet de fabrication suisse.)

Bismarck
en casse-noix.

Objets antérieurs (1867-1870)

Médailles de grand module (argent et bronze) gravées et frappées à Genève par Hugues Bovy.

Petite médaille, avec une tête nue de Bismarck, gravée par J. Lorenz. A l'avers on lit : *Ich fordere fünf milliarden.* (Je réclamerai 5 milliards). Au revers, en français : *5 honneurs,* et les mots : *Aller Zeiten, solche Mænner.* (De tous temps, de tel hommes), puis ces quatre noms : l'Empereur, le Kronprinz, Bismarck, Moltke.

Portrait sur un essuie-plume.

TABLE DES GRAVURES

CLASSÉE PAR PAYS

Les nᵒˢ 5, 6, 7, 8, sont également des caricatures allemandes antérieures à 1870.

III. — CARICATURES ALLEMANDES (1870-1890)

Les nᵒˢ 1, 4, 13 sont également des pièces allemandes exécutées depuis 1870.

IV. — CARICATURES AUTRICHIENNES.

TABLE DES MATIÈRES

20

Vignette de Humbert (1870).

ÉMILE COLIN — IMPRIMERIE DE LAGNY

Emile Colin — Imp. de Lagny

www.ingramcontent.com/pod-product-compliance
Lightning Source LLC
Chambersburg PA
CBHW051637050726
47502CB00011B/641